J'AI QUITTÉ LES TÉMOINS DE JÉHOVAH

Ludovic Hanna

J'AI QUITTÉ LES TÉMOINS DE JÉHOVAH

La vie commence après l'éternité

Balland

ISBN 978-2-94071-966-2

Seuls les poissons morts vont dans le sens du courant.

Jean-Claude Biver

J'étais Témoin de Jéhovah

Vous les avez forcément déjà vus, croisés, ou accueillis (plus ou moins énergiquement) à votre porte. En général, on les regarde d'un air amusé, on les éconduit avec indifférence ou on s'en débarrasse avec des mots et gestes rageurs. Il y a des années, c'est peut-être moi qui ai frappé à votre porte. Parce que j'étais l'un d'eux. J'étais Témoin de Jéhovah.

Quand vous êtes Témoin de Jéhovah, vous savez que les gens que vous côtoyez au quotidien ne pourraient souvent pas imaginer une seconde que vous faites partie de ce mouvement.

Je vais vous raconter ce que cela a été pour moi de naître et grandir dans la « famille internationale des frères et sœurs » avant de trouver la force de briser les liens qui m'y enchaînaient. J'ai tenté plusieurs fois de prendre mon stylo ou mon clavier pour écrire ce que m'a inspiré et m'inspire encore à ce jour mon histoire.

D'abord sous la forme d'une lettre que j'envisageais d'envoyer à mon père, à mes parents et à mes frères, de façon individuelle ou groupée. Mais l'énergie qui m'a amené à de multiples reprises à leur adresser ce courrier et toujours retombée après quelques paragraphes et les quelques feuilles de brouillon que je promenais avec moi sont restées lettre morte. Ma crainte de regretter de l'avoir envoyée étant certainement plus forte que mon envie de leur exprimer tout ce que j'avais sur le cœur.

Un ami m'a ensuite transmis par mail le lien d'une vidéo d'un jeune sorti de ce mouvement et qui racontait à quel point cela avait été difficile pour lui, quel en avait été le prix mais en même temps tout ce qu'il avait découvert et appris à aimer dans sa nouvelle vie.

Ces vidéos avaient en général tendance à m'agacer. Je me demandais pourquoi des personnes qui avaient eu la capacité de s'extraire des griffes de l'embrigadement avaient besoin de s'apitoyer sur leur passé et sur le prix payé pour leur liberté. Ce que j'aurais pu leur dire, mais que j'aurais tout autant pu me dire, c'était « Tu en es sorti et tu goûtes maintenant pleinement à la vie, alors pourquoi tu pleurniches ? »

Mon point de vue sur ces témoignages a été bousculée suite à une altercation verbale avec des adeptes que j'avais connus et dont j'avais été proches. Je me rendis compte lors de cet échange à quel point ils étaient incapables d'accepter l'idée qu'on puisse quitter leur chemin, imperméables à toute objection et inconscients de l'intolérance dont ils font preuve.

Je réalisai au sortir de cette confrontation stérile et épuisante que mon témoignage, comme ceux de toutes les personnes qui sont sortis (ou ont été mises dehors) de cette théocratie apocalyptique peuvent avoir une utilité à plusieurs niveaux.

Nos témoignages peuvent être une bouée de sauvetage pour les adeptes en souffrance qui savent que leur vie véritable les attend au-delà des frontières du « peuple de Dieu » mais qui redoutent les inévitables conséquences de leur décision.

Ils sont aussi autant de coups de masses portés contre les murs de l'embrigadement chrétien fondamentaliste. Il serait illusoire d'espérer que les récits des brebis égarées que nous représentons aux yeux de la communauté fassent tomber une si imposante forteresse de propagande et de conditionnement, mais chaque brèche ouverte a son impact.

En racontant ce que nous avons vécu et ce que nous connaissons, nous pouvons également être un signal d'alarme et de vigilance pour tous ceux qui, parce qu'ils sont dans un moment de désespoir, de souffrance ou d'angoisse, imagineraient trouver le soulagement dans un idéalisme divin et une radicalité apparemment douce.

Je n'ai franchement pas eu le cœur de me plonger dans les publications les plus récentes du mouvement, il est donc possible que certains détails des descriptions de ce récit mériteraient d'être actualisés. Mais la philosophie même des mouvements millénaristes étant le retour aux origines des textes et donc la rupture avec les nouvelles tendances, il est certain que leur structure n'a pas pu évoluer de façon sensible.

Alors que j'étais à la recherche d'un éditeur pour mon témoignage, un terrible événement est venu renforcer mon sentiment d'urgence pour ajouter ma voix au cri d'alerte.

Dans la soirée de ce 9 mars 2023, à Hambourg, un ancien adepte est entré dans un lieu de culte des Témoins de Jéhovah et a ouvert le feu, tuant et blessant grièvement une dizaine de personnes, avant de retourner son arme contre lui, interrompu dans son carnage par les forces de l'ordre.

Parmi les images qui ont défilé en boucle sur les écrans de télévision, une courte vidéo a eu un effet particulier sur moi.

On y voyait, filmée depuis l'extérieur du bâtiment et donc à travers l'enchevêtrement de plusieurs portes, les vestes d'hiver de différentes tailles et couleurs accrochées à une penderie, oscillant légèrement du fait du passage des enquêteurs. Ces longues tringles métalliques qui équipent tant de salles que j'ai connues dans mon enfance.

En voyant ces vêtements qui ne recouvriront plus jamais aucune épaule, je me suis représenté les différentes personnes qui avaient pu les suspendre à cet endroit quelques heures auparavant.

Cette grand-mère venue soulager sa solitude parmi ses « frères et sœurs ». Cet homme qui espérait faire s'envoler ses tourments dans des prières. Ce couple, impatient d'apprendre dans les pages de la Bible comment devenir de bons parents.

Mes pensées allèrent aussi vers l'assaillant. Dans quel océan de rage et de désespoir faut-il se noyer pour en arriver à une telle horreur ? L'enquête évoque des troubles psychiques ou psychiatriques. Et je ne peux m'empêcher de penser que l'écrasement sectaire a certainement révélé ou accentué des failles préexistantes.

Le week-end commence dans quelques heures. Peut-être la congrégation de Hambourg-Alsterdorf se consacrera-t-elle avec un zèle redoublé au porte-à-porte, pour exorciser l'épouvante dans l'évangélisation. Et peut-être la réunion du week-end aura-t-elle quand même lieu, dans une autre salle. Pour qu'aucune épreuve, pas même la plus atroce, n'arrête la foi. Chacun combat ses ténèbres avec la lumière qu'il imagine.

Une sentence du Nouveau Testament, réminiscence de mon enfance, tourne en boucle dans ma tête depuis que j'ai appris le drame. *Ce que l'homme sème, c'est aussi ce qu'il moissonnera.*

Chapitre 1

Naissance et petite enfance

« Né dans la vérité »

C'est par cette expression bien prétentieuse qu'on désigne dans la communauté les enfants qui sont nés de deux parents Témoins de Jéhovah. Et cela a été mon cas.

Je crois que je me suis vécu dès ma plus tendre enfance comme celui qui était différent. Parce qu'il n'est pas fréquent en France d'être le mélange d'un père égyptien et d'une mère italienne. Parce que forcément ce métissage donne des traits de visage dont les copains d'école auront du mal à trouver l'origine. Je comprenais très bien les paroles de la chanson de Claude Barzotti *Le rital* qu'il m'arrivait d'écouter sur le disque 33 tours de ma mère :

À l'école quand j'étais petit,
Je n'avais pas beaucoup d'amis,
J'aurais voulu m'appeler Dupont.
Avoir les yeux un peu plus clairs,
Je rêvais d'être un enfant blond,
J'en voulais un peu à mon père.

Dans ma famille également, je me sentais différent. La plupart de mes cousins et cousines avec qui j'ai passé du temps habitaient à Grenoble, alors que mes parents et moi étions partis vivre à Belfort quelques mois après ma naissance, pour le travail de mon père. Mon père, l'« indgénior » comme disait ma grand-mère avec son fort accent italien. Et c'était encore une différence. J'étais le fils de l'ingénieur pour qui les maths étaient un jeu d'enfant et qui partait occasionnellement à l'autre bout du monde pour des missions techniques. Me voilà donc avec une étiquette de plus collée : la famille intello.

C'est ambigu, le fait d'être différent. C'est à la fois très désagréable, parce que vous aimeriez être comme les autres pour pouvoir être vraiment avec les autres. Et en même temps, c'est ce qui vous singularise, qui peut donner l'impression d'être unique, ou au moins rare. Être l'intrus, pour le meilleur et pour le pire. Sans jamais savoir ce qu'est le meilleur ni ce qu'est le pire.

Et puis il y avait donc cette autre différence. Cette différence qui m'a fait ressentir dès les premières années de maternelle qu'il y avait un « eux » et un moi, ou plutôt un « eux » et un « nous ». Très tôt, j'ai pris conscience d'avoir un mode et un rythme de vie pas vraiment semblables à ceux de mes camarades.

Il y avait les réunions, trois fois par semaine, en général à la Salle du Royaume, la prédication avec papa ou maman, les prières, les histoires tirées des publications destinées à familiariser dès la plus tendre enfance les jeunes esprits avec les récits bibliques. Et il y a le bien connu refus de participer aux fêtes, des anniversaires à Noël en passant par toutes les célébrations censées faire d'une façon ou une autre entorse à la doctrine.

Au-delà de la première confrontation aux réactions de surprises des instituteurs, des camarades et parfois de leurs parents, cette singularité a très rapidement permis à un clivage de s'instaurer. Évidemment, j'étais un peu (beaucoup ?) envieux des copains/copines qui parlaient avec les yeux pétillants d'excitation des cadeaux que le Père Noël leur avait apportés. Mais moi, si je n'avais pas de cadeaux, c'est parce que mes parents ne me faisaient pas croire en un Père Noël qui n'existait pas. Il m'avait expliqué que Jésus n'avait pas pu naître un 25 décembre et que cette fête « païenne » n'était que le résultat de la corruption de la chrétienté qui avait cherché à séduire les peuples parmi lesquels elle tentait de se développer.

L'obsession de la vérité absolue, déjà. Une implacable détermination à favoriser l'enracinement de la foi en rejetant toute féérie, toute magie considérée comme incompatible avec la doctrine. Restreignant et contrôlant ainsi l'espace laissé à l'imaginaire. Se méfier de l'imaginaire pour un groupe humain guidé par les mythes de l'Ancien et du Nouveau Testament, c'est un comble quand on y pense !

L'organisation des témoins de Jéhovah

Le haut de la pyramide de la société *Watchtower* se situe aux États-Unis. Pendant des années le bâtiment qui abritait le *Collège Central*, le corps dirigeant du mouvement, se situait au bord de l'East River dans le quartier de Brooklyn à New York. Cet immeuble était souvent cité dans les commentaires des bateaux touristiques qui font le tour de l'île de Manhattan car une horloge numérique géante accrochée à son sommet donnait l'heure à toute la baie. Il a été vendu il y a quelques années et les personnes qui y travaillaient ont rejoint les installations plus au calme et moins onéreuses qui se trouvent à un peu plus d'une heure de la « grande pomme ». C'est à cet endroit qu'est élaboré tout l'enseignement qui doit ensuite se répandre dans le monde entier.

Le siège américain est en liaison avec des *filiales*, une par pays, responsables de l'organisation de toutes les activités dans leur zone géographique. Les *Béthels* sont de véritables villes miniatures, dans lesquelles travaillent et vivent des bénévoles. L'emploi du temps est réglé très précisément pour tous : texte du jour pour tout le monde dans les différentes salles de petit-déjeuner avant la première collation puis journée de travail dans les services de rédaction, traduction, impression, ainsi que pour toutes les tâches d'intendance. Du coiffeur à la blanchisserie, tout est sur place. Jusqu'à leur propre caserne de pompiers, avec des pompiers Témoins de Jéhovah, pour les installations les plus importantes.

Les personnes amenées à prendre des responsabilités, disons pour être précis les *hommes* amenés à prendre des responsabilités dans l'organisation, suivent des formations généralement au *Béthel*. Chaque pays est découpé en zones, les *districts* et les *circonscriptions*, plus petites, dont s'occupent des *surveillants de district* et des *surveillants de circonscription.* Ils supervisent et visitent des congrégations de tout leur territoire.

La congrégation est la cellule de base de l'organisation. Chaque Témoin de Jéhovah appartient à une congrégation et s'instruit auprès d'elle, organise ses activités spirituelles avec elle et en général a son cercle principal d'amis en son sein.

En France, les structures nationales et locales qui composent le mouvement sont des associations loi 1901 et ont donc une identité administrative tout à fait légale et reconnue.

J'ai dû à nouveau faire face à ce clivage des années plus tard, mais cette fois en tant que père. Évidemment, j'avais abandonné le schéma de pensée depuis longtemps, d'accord. Mais me fallait-il faire connaître à mes enfants la culture dominante et les traditions qui finalement m'étaient étrangères ? Ou valait-il mieux m'inscrire parmi ceux qui balayent ces fêtes commerciales qui imposent la corvée des cadeaux et obligent à partager la dinde avec la belle-mère et l'oncle Norbert qu'au fond on déteste ?

Elle était tentante cette stratégie. Mais ça n'aurait été qu'une dérobade. Une façon de ne pas réellement remettre en cause la façon dont j'avais personnellement vécu le retour des fêtes année après année tout au long de ma scolarité.

J'ai souvent essayé d'imaginer quelle avait été la vie de mes parents aux différents âges que j'atteignais. Comment ils avaient eux-mêmes géré en tant qu'enfants les différentes étapes de la vie.

Aux âges de maternelle et de primaire, les familles de mes parents ne faisaient pas encore partie des Témoins de Jéhovah. Je n'ai finalement que peu de détails sur l'enfance et la jeunesse de chacun, et je ne prétends pas tout savoir et comprendre de leur évolution ni des raisons pour lesquelles ils en sont venus à prendre position pour ce mouvement. Voici en tout cas quelques hypothèses que j'ai élaborées au fil du temps.

Mon père est né en au milieu des années 50 en Égypte, dans une famille copte orthodoxe. De ce que j'ai cru comprendre, ma grand-mère était relativement fervente alors que mon grand-père ne donnait pas une grande place à la religion dans sa vie.

Il devait être en milieu d'adolescence lorsque des missionnaires ont frappé à la porte de l'appartement des parents, des trois frères et de la sœur de mon père. Je crois que c'est l'aîné des enfants (mon père étant l'avant-dernier) qui a été réceptif à la proposition de commencer une étude biblique et de se pencher sur les textes plutôt que de se contenter d'écouter des sermons. Mon grand-père n'a pas suivi la démarche et a donc été le seul à ne pas « prendre position », selon l'expression qu'ils utilisent.

Qu'est-ce qui a bien pu parler à mon père dans cet épluchage des versets des « Saintes Écritures » ? J'ai eu le temps au fil des années de revisiter les épisodes que mon père racontait pour décrire sa vie et il m'est apparu de plus en plus évident que les arguments théologiques sont loin d'être les seuls qui ont emporté son adhésion et l'ont conduit au baptême.

Avec sa tendance habituelle à ne pas ne pas s'appesantir sur son sort, je me souviens que mon père disait souvent que quand il était petit, « il n'y avait pas de viande à tous les repas ». Je suis certain que la réalité est qu'il a connu la faim en tant qu'enfant.

Il évoquait également le fait qu'à l'époque, l'Égypte était un protectorat anglais. Le petit garçon que j'étais trouvait ça plutôt classe, ce rapport à la couronne britannique. J'ai plus tard réalisé la colère, la frustration et l'humiliation que cela a pu être de vivre dans un pays où une nation de tutelle est venue dire « vous ne savez pas gérer et exploiter votre pays, on va s'en occuper ».

Son cursus scolaire puis universitaire est un autre élément marquant qui a façonné mon père. Dès tout petit, il avait refusé de ne pas être dans la même classe que son frère, plus âgé d'un an. Son entêtement ayant payé, il a donc sauté une classe. Son protocole chaque année était le même : dès réception des livres d'apprentissage en début d'année, il les dévorait et les assimilait tous. Jusqu'à son doctorat en France, obtenu brillamment.

N'allez pas croire que je cherche une excuse aux habituels « se repose sur ses lauriers » de mes bulletins scolaires, mais je ne peux m'empêcher de me demander ce qui a entraîné cet acharnement à apprendre, comprendre, savoir, viser l'excellence, la perfection.

Je crois que profondément, et en dépit de la sidérante rigueur d'ordinateur avec laquelle il a appris à ne rien laisser transparaître de ses émotions, le petit Shams[1] a développé une intolérance épidermique à l'injustice et un besoin viscéral que la vie ait un sens, un ordre logique et corresponde à un idéal.

Quand on est à la recherche d'un idéal dans un monde aussi absurde que le nôtre, la quête mène alors facilement à la radicalité, au fondamentalisme. Exactement ce que l'on trouve chez les Témoins de Jéhovah.

Je me suis fait un jour la réflexion suivante : s'il existait un clone de mon père, semblable en tous points, mais né dans une famille musulmane, vers quel fondamentalisme aurait-il pu se tourner ? Je ne tire aucune conclusion mécanique de cette réflexion, mais ce cheminement m'a fait beaucoup réfléchir aux trajectoires de vies humaines qui semblent au-delà de notre entendement.

[1] Les prénoms utilisés ont en général été changés.

Je sais encore moins de choses de l'enfance de ma mère. Née au fin fond de l'Italie au milieu des années 50 également, elle est arrivée en France quand elle avait 4 ou 5 ans.

Organisation traditionnelle et patriarcale à la maison, mépris envers les « macaronis » à l'école, obligation de travailler assez tôt pour permettre à la famille de surnager économiquement. Bref, l'histoire classique de l'immigration économique provenant du sud de l'Europe à cette époque.

Symétrie étonnante avec la famille de mon père, côté maternel la famille se compose de cinq enfants, ma grand-mère a un profond attachement au catholicisme alors que mon grand-père préfère les jeux de cartes à la Bible et le Tour de France à la messe.

Même scénario des prédicateurs qui frappent à la porte, attisent la curiosité des enfants aînés et démarrent une étude biblique. Même parallèle qu'en Égypte, mon grand-père italien reste à distance mais tout le reste de la famille plonge… dans la piscine du baptême.

En écrivant ces mots, l'image me vient : une famille d'immigrés qui subissent parfois le racisme voit se présenter à sa porte un couple français encravaté, souriant et Bible à la main avec la promesse et l'objectif de retourner aux sources du christianisme, ça coche forcément beaucoup de cases pour faire mouche !

Je ne saurais dire ce qui a le plus joué pour que ma mère se convertisse. Un mélange de loyauté envers la famille, d'attachement aux valeurs chrétiennes et je soupçonne également, de la part de cette jeune fille qui n'a pas poursuivi sa scolarité, une admiration teintée de complexe face à ces gens qui manient la Bible avec tant d'aisance.

Voilà donc mes parents baptisés et mon père arrivé en France dans la ville où vivait ma mère. Restait à la vie de communauté à faire son travail pour qu'au cours d'une réunion, d'une assemblée ou d'un évènement entre Témoins de Jéhovah, la rencontre se fasse et aboutisse au mariage à la fin des années 70.

Petite enfance

Avec mon regard d'enfant, je ne pouvais qu'être serein et heureux. Le trouble de me sentir parfois un ovni dans le monde extérieur étant compensé par des conditions de vie douces et agréables.

Jamais de disputes à la maison, jamais de problèmes de santé, jamais de difficultés financières. Et tellement de « frères » et « sœurs » si gentils avec qui nous partagions tant d'activités! Je connaissais d'ailleurs bien plus de frères et sœurs que nombre de nos coreligionnaires. Parce que mon père n'était pas seulement Témoin de Jéhovah, c'était un

« ancien » de la congrégation. Rajoutons qu'il était (et est certainement resté) un très bon orateur. En conséquence, mon père était fréquemment appelé pour donner des discours lors de réunions, d'assemblées, de mariages, d'enterrements…

Je ne compte pas le nombre de fois où j'ai entendu des « Ah ! Tu es le fils de Shams ! Il est formidable ton papa ! » Il était fier de son papa le petit Ludo. Ce papa qui faisait parfois devant des milliers de personnes des discours bien construits et agrémentés d'humour en ayant simplement quelques notes et sa Bible devant les yeux. Il était fier et rassuré aussi de voir des personnes, des couples ou des familles venir chercher au cours d'une discussion ou d'un repas du réconfort, du soutien, des conseils.

Alors forcément, les croyances de ce papa si brillant ingénieur, si bon ancien et si maître de ses émotions étaient forcément les bonnes. Elles me paraissaient parfois étonnantes, déstabilisantes ces croyances. Mais ça, c'était parce que j'étais petit, et sûrement moins intelligent. Mais un jour, c'était sûr, je comprendrais, et l'énigme serait résolue d'un coup.

Vous l'aurez compris, j'idéalisais mon père, je le mettais sur un piédestal. Et on ne peut pas être réellement proche d'un piédestal. Ma mère était beaucoup plus discrète. Elle était la femme de l'ancien très connu. Et l'épaule réconfortante des âmes en peine.

Ce rôle de foyer d'accueil et de secours m'a fait connaître bien des personnes et des situations différentes. Les familles qui venaient pour une opération ou un suivi à l'hôpital tout proche, et qui devaient accessoirement se préparer à la question de la transfusion sanguine. Les jeunes sur le point d'être jugés et emprisonnés pour refus du service militaire. J'ai moi-même grandi en pensant que j'allais passer par la case prison pour ce motif, comme mes grands cousins, mais la loi a changé entretemps. C'est dans cette période que j'ai pris pour la première fois la vie en pleine gueule.

La question du sang

C'est certainement le sujet le plus emblématique du fonctionnement des Témoins de Jéhovah. Le fondement de leur position repose sur quelques versets de la Bible interprétés ou pris au pied de la lettre. « Vous ne devez manger le sang d'aucune sorte de chair, car la vie de toute sorte de chair est son sang. Celui qui le mangera sera retranché » (Lévitique 17 : 14). « Mais de leur écrire de s'abstenir […] du sang » (Actes 15 : 20).

Partant de ces textes, le « Collège Central » (organe de décision du mouvement) est parvenu à la conclusion que la transfusion sanguine était un usage interdit du sang.

Je me souviens étant enfant de la réunion pendant laquelle ce sujet était abordé chaque année. Les adultes recevaient une petite carte papier qui comportait un logo représentant une poche de perfusion de sang dans le cercle barré d'un interdit du code de la route. J'étais un peu envieux de la carte des grands, moi qui en tant que mineur n'avait droit qu'à la carte de « recommandations médicales » complétée par les parents.

Combien de fois ai-je entendu des personnes en attente d'une opération être à la recherche de l'hôpital qui respecterait leurs croyances et raconter les entretiens de négociation avec les équipes médicales. « Pouvez-vous me garantir que si vous m'administrez une transfusion sanguine, j'ai la certitude que l'opération se passera bien ? Non, n'est-ce pas ? Alors je vous demande de respecter ma liberté et mes droits de patient en utilisant tous les traitements possibles à l'exclusion de la transfusion sanguine ».

J'ai eu l'occasion à plusieurs reprises d'échanger avec des médecins qui avaient été aux prises avec cet intenable dilemme : respecter la liberté du patient tout en accomplissant le devoir de médecin de soigner ou parfois même de sauver la vie. En raison de cet historique, les polémiques liées au vaccin lors de la pandémie de Covid19 ont eu une résonance très particulière pour moi.

Je ne saurais dire avec précision quel était mon âge lorsque cela s'est passé. Forcément moins de 10 ans puisque nous habitions au 6e étage de l'immeuble de mon enfance. L'autre repère chronologique que j'ai, c'est que la mode était aux tenues en jeans, puisque je me souviens que le fils de Gisèle, une sœur de la congrégation, portait un pantalon et une veste dans cette matière et dans la couleur bleue standard. C'était très rare qu'un non-Témoin de Jéhovah vienne à la maison, et certainement la première fois pour une invitation à dîner.

Pourquoi mes parents les avaient-ils invités à la maison, Gisèle et son fils ? Je n'en avais aucune idée. Le seul souvenir que j'ai de ce repas, c'est que cet homme qui devait avoir une petite quarantaine d'années se levait fréquemment pour aller vérifier depuis la fenêtre de la cuisine si sa belle voiture décapotable, d'un bleu électrique criard, était toujours là et en bon état, parce que nous n'habitions pas très loin d'un quartier qui avait mauvaise réputation.

Je me souviens comme si c'était hier de mon grand étonnement en observant cet homme dont le regard tendre et préoccupé sur sa voiture quelques étages plus bas semblait indiquer qu'à ses yeux, la richesse de sa vie, le sens de sa vie même tenait dans cette carrosserie rutilante posée sur cette place de parking. Grâce à Dieu (ou pas), il n'est rien arrivé à sa belle auto pendant cette soirée, et il a pu, soulagé, reprendre le volant pour ramener Gisèle et rentrer chez lui.

J'allais revoir cet homme quelques mois plus tard. Mais dans un contexte bien différent. La tenue en jeans avait été remplacée par une blouse d'hôpital. J'ai comme deux photos accrochées sur le mur de ma mémoire, dans un contraste saisissant. Sur la première, l'homme qui contemple satisfait et fier sa voiture. Sur la deuxième, le même homme, replié en boule sur son lit d'hôpital dans sa tenue bleu pâle qui couvrait à peine sa nudité.

J'étais tétanisé devant cet adulte au visage blême et émacié qui semblait terrorisé comme un petit animal sans défense. Lui qui ne croyait pas en Dieu a demandé à mon père de prier. Mes yeux passaient sidérés, de mon père qui priait d'une voix douce et sereine, tête inclinée et yeux fermés, à cet être humain qui gémissait des « oui » implorants pour se cramponner aux mots que prononçait mon père.

Des larmes roulaient sur mes joues. Mes yeux d'enfants voyaient pour la première fois un humain être englouti par la maladie, le désespoir et la terreur. Et parce que la petite musique de l'enseignement jéhoviste commençait déjà à faire son effet sur mon jeune esprit, j'avais devant les yeux la comparaison violente entre la faiblesse de la chair et la puissance de la foi, la vanité du matérialisme et la richesse de la spiritualité.

C'était donc ça, avoir la foi. J'admirais et j'enviais mon père alors que nous quittions la chambre de l'hôpital. Il fallait que j'acquière la même foi, pour pouvoir comme lui faire face à l'épouvante, à la cruauté, au malheur sans être balayé par l'émotion. Je prenais cela pour de la force. J'ai appris depuis que cela ressemble plutôt à une anesthésie.

Quelques semaines ou mois plus tard, j'assistais dans une chapelle de l'hôpital au discours d'enterrement qu'a donné mon père. Je me souviens qu'à la fin du discours des gens passaient devant moi, qui étais au dernier rang de la salle, en se demandant qui était ce petit garçon et pourquoi il pouvait être autant en larmes. J'avais simplement fait connaissance avec la mort. Et je devais me rendre à l'évidence : même si j'apprenais que la mort est notre punition et notre ennemi, ennemi qui allait sous peu vaincu grâce à Dieu, il lui restait visiblement quelques victoires à remporter...

Première histoire de cœur

Ma première collision avec la violence du système de doctrines et valeurs « chrétiennes » fut causée par une histoire de cœur. Pas dans le sens sentimental, dans le sens biologique. C'est une anecdote qui illustre bien les cogitations que j'ai commencé à avoir très tôt dans ma vie.

Je partageais à cette époque une chambre de notre appartement avec mon frère qui était de deux ans mon cadet. Alors que comme très souvent j'essayais d'appeler un sommeil qui ne voulait pas venir, je me mis à me concentrer sur mon rythme cardiaque. Et il m'avait bien l'air de ralentir ! Quelques secondes, quelques minutes de concentration sur les pulsations me le confirmèrent : mon cœur était en train de s'arrêter tout en douceur !

Pour en avoir le cœur net, si je puis dire, je décidai d'aller comparer mon tempo intérieur en allant poser mon oreille sur la poitrine de mon frère. Ce n'est pas ma vérification qui me permit de me rassurer sur le fait qu'il me restait quelques années à vivre. Dans ma panique et ma précipitation j'avais fait suffisamment de bruit pour que mon père qui regardait la télévision au salon se demande ce qui se passait dans la chambre.

Au moment où je me penchais sur mon frère, mon père qui avait traversé le couloir sans bruit et dans l'obscurité atteignit l'encadrement de la porte. Pas besoin d'un stéthoscope pour vous dire que le déclic de la lumière qui s'alluma dans la chambre relança mon cœur en une fraction de seconde. Décidément, la morale perce même le silence et l'obscurité et elle est à l'affût de tout, même, ou peut-être surtout, quand il n'y a rien à découvrir.

J'aimerais à ce stade préciser une chose. Certains passages donneront peut-être l'impression que j'ai des comptes à régler avec mon père ou avec tous les membres de ma famille étendue qui m'ont expulsé de leur vie. Je ne crois pas en avoir. Nous sommes tous le fruit de notre histoire, de la façon dont nous avons su, ou pas, nous débrouiller avec les expériences que la vie a déposées sur notre parcours. La violence ou la beauté de ces expériences et les ressources intérieures de chaque individu transformeront ce parcours en magnifiques réalisations, en terrible gâchis ou juste en une existence quelconque.

Mon père, ma mère, mes frères, mes oncles, tantes, cousins, cousines ont fait leurs choix, guidés ou égarés par un formatage religieux redoutablement puissant et incroyablement insidieux. L'individualité doit être neutralisée pour que le collectif soit uni et fort. Et on ne peut pas dire que la couleur ne soit pas clairement affichée par la bible. « Si quelqu'un veut venir à ma suite, qu'il se renie lui-même » avertit-elle en Matthieu 16 : 24. Un poison violent sous une onctuosité de miel. Pour des raisons qui leur appartiennent, ils n'ont pas pu ou pas voulu cracher ce venin, et une partie de leur vie, de leurs pensées et de leurs émotions se sont trouvées irrémédiablement endommagées ou détruites par son effet paralysant. C'est terrible, c'est comme ça.

J'ai été totalement incapable d'expliquer à mon père pourquoi je m'étais levé. Ma peur de la panne de cœur me paraissait tellement ridicule maintenant que j'étais debout et rassuré par la lumière qu'il était hors de question pour moi d'avouer qu'une telle pensée m'avait traversé l'esprit. Alors je restai sans réponse, silencieux face à mon père qui attendait furieux une explication. Je crois que c'est l'unique fois de ma vie que mon père a levé la main sur moi. C'est dire si on dépassait là ce qui était pour lui les limites du supportable. Le lendemain, j'eus plus de facilité à avouer la peur que j'avais eue à ma mère. Et quand mon père apprit le fin mot de l'histoire, il se montra tellement désolé de ce qui s'était passé et tellement triste de réaliser à nouveau combien nous n'étions pas suffisamment proches pour que je me sente en mesure de lui confier l'angoisse qui m'avait saisi.

Plus de trente plus tard, je racontai cette histoire à la thérapeute qui m'a accompagné dans les années tumultueuses qui ont suivi ma sortie de la secte. Je lui expliquais que mes parents n'avaient jamais été violents avec moi et que le seul geste dur dont je me souvenais remontait à cette nuit-là. Et j'amenais une justification naturelle à ce geste : « Mais bon, c'est parce qu'il avait imaginé je ne sais quoi… » « Qu'est-ce qu'il avait imaginé, et est-ce que cela justifiait un accès de colère ? » me demanda-t-elle. Je n'avais jamais réalisé à quel point cette réaction était dictée par le rapport au corps verrouillé par des tabous, des interdits que la morale chrétienne, a fortiori la morale chrétienne intégriste, fait peser sur les personnes.

Baptême

L'étape suivante cruciale dans mon histoire se situe environ cinq ou six ans plus tard. Elle concerne le jour souvent présenté comme le plus important dans le parcours d'un Témoin de Jéhovah. Selon certains d'entre eux, ce serait même le jour le plus important de leur vie. Je veux parler du baptême.

Par l'un de ces hasards dont la vie est faite, je suis tombé, quelques heures avant d'écrire ces lignes, sur une interview de l'actrice Alexandra Lamy donnée à la revue *Psychologie* dans l'édition de septembre 2017. Dans une partie de l'interview consacrée à la foi, elle déclare qu'une « chose qu'elle aime dans le protestantisme, c'est qu'on ne baptise l'enfant qu'à partir de sept ans, avec son consentement. Ça me plaît ça : au nom de quoi imposer une religion à un enfant ? ».

Sortir cette phrase de son contexte et l'utiliser dans mon récit biaise certainement l'intention de ces paroles, mais vu de mon balcon, ces mots ont résonné de façon très particulière. Le consentement d'un enfant de sept ans… ou dix, ou douze ou quinze, peu importe. À quel âge peut-on estimer qu'un enfant a pu faire le tour de questions aussi vastes que Dieu, la vie, la foi, la religion, et qu'il est donc en mesure de faire un choix éclairé dans ce domaine ?

Pour moi, c'était à treize ans. Que l'on soit bien clair, factuellement, personne ne m'a proposé ou conseillé de me faire baptiser. Ni mes parents, ni les anciens, ni qui que ce soit. C'était une décision personnelle. Disons, aussi personnelle que peut être la décision d'un enfant de treize ans qui sait à quel point il est important de se faire baptiser et à quel point tout le monde, au ciel et sur la terre, sera heureux au moment où je ressortirai de la piscine après cette baignade particulière. Une toute petite piscine, pour un grand plongeon.

Combien de fois ai-je entendu des parents de mon entourage de l'époque dire à leurs enfants : « tu fais comme tu veux, mais nous serons très déçus si tu ne fais pas ce que nous pensons être le mieux pour toi ». Entendu ces « Jéhovah voit tout, tu sais ». Ou cette petite histoire, racontée de génération en génération de Témoins : trois enfants rentraient de l'école par un chemin longeant une route très fréquentée. Ils avaient pour consigne de passer sous le pont dès que possible pour éviter de s'exposer au danger. Un seul des trois enfants a écouté. Les deux autres ont désobéi et sont morts percutés par une voiture. Alors tu es libre, mais fais bien gaffe à comment tu utilises ta liberté hein !

Les démarches pour se faire baptiser sont assez simples. Disons que c'est à la fois contrôle continu et examen final. Les anciens analysent si le candidat ou la candidate au baptême a une conduite exemplaire, une bonne réputation, et s'il ou elle se consacre suffisamment aux activités spirituelles. Pour une fois, il faut croire que mon bulletin ne disait pas « se repose sur ses lauriers »...

Si cette évaluation comportementale est considérée comme conforme aux attentes, arrivent alors les séances de « questions du baptême ». Je précise simplement à ce stade qu'étant donné que les évènements que je relate remonte à une trentaine d'années en arrière, il est possible que certaines choses aient été légèrement modifiées. Mais les Témoins de Jéhovah n'étant pas connu pour faire des mises à jours fréquentes de leurs doctrines et de leurs procédures, ma description reste certainement très proche de la réalité d'aujourd'hui.

Le candidat a pu préparer les séances de questions grâce au petit livre prévu spécialement pour cette occasion. Histoire biblique, d'Adam et Ève aux premiers chrétiens, prophéties, principes de vie, tout y passe. Puisque les Témoins de Jéhovah ont pour objectif aussi tôt que possible de lire entièrement la Bible dans l'année et ce chaque année, de lire tous les livres édités et tous les périodiques *La Tour de Garde* et *Réveillez-vous!* et enfin de lire en famille chaque jour le *Texte du jour* (un verset suivi d'un bref commentaire prévus pour chaque jour), il faudrait une certaine mauvaise volonté pour ne pas franchir cette deuxième étape.

Il y avait déjà des troubles, des interrogations, des perturbations dans mon esprit et mon cœur à cette époque, mais visiblement pas encore de mauvaise volonté. Alors j'ai donné les bonnes réponses aux séances de questions, pour le bonheur des anciens qui me les avaient fait passer et de mes parents.

La validation étant intervenue, restait la célébration. J'ai toujours connu le même déroulement des journées de baptêmes : au cours d'une assemblée, intense marathon de discours et d'exposés sur deux ou trois jours rassemblant généralement plusieurs milliers de fidèles et de sympathisants, la fin de matinée du samedi est réservée à l'accueil de nouvelles brebis dans le troupeau (aucune perfidie de ma part dans l'utilisation de ces expressions, eux-mêmes les utilisent).

Après un rappel pendant quelques dizaines de minutes de la chance inouïe que représente l'invitation de Dieu à faire partie de son peuple, arrive le moment que toute l'assistance attend fébrilement. À ce stade, les candidats sont invités à se lever pour répondre aux deux questions qui sont posées rituellement. Elles sont terribles ces questions, parce qu'elles annoncent clairement que les réponses données vont sceller le destin des personnes qui se trouvent côte à côte, au premier rang face au podium.

« T'es-tu repenti de tes péchés et voué à Jéhovah, et as-tu accepté le salut que Jéhovah offre par le moyen de Jésus Christ ? » « Comprends-tu qu'en te faisant baptiser, tu montres que tu deviens Témoin de Jéhovah et que tu fais maintenant partie de l'organisation de Jéhovah ? » Aux deux « oui » clamés par les futurs baptisés répondent des tonnerres d'applaudissements de la foule qui les entoure. Puis s'ensuivent une prière et un cantique marquant l'accueil de ces nouveaux frères et sœurs. Lors du cantique, ils quittent leur place, sac de piscine à la main, pour se rendre vers le lieu de l'immersion, sous les sourires attendris et émus de la nouvelle famille.

J'ai suivi exactement ces mêmes étapes. À ceci près que le jour de mon baptême, c'est mon père qui donnait le fameux discours, et mon oncle qui le traduisait en arabe (pour sauver un maximum de gens, des congrégations en langues étrangères sont organisées et ceux qui maîtrisent ces langues ou souhaitent les apprendre se regroupent).

Vous imaginez l'émotion dans la salle pour tous les gens qui connaissaient ma famille. Par la magie des Témoins de Jéhovah, ma famille passait de cinq membres à un peu plus de quatre millions je pense à l'époque. « La famille internationale des frères et sœurs », ça ronfle quand même ! Mais au final, je n'avais pas bien dormi cette nuit-là. Je ressentais bien que le « oui » que j'allais ajouter au bêlement du troupeau manquait cruellement de conviction.

Heureusement, la perspective d'une appartenance encore plus puissante à cette belle communauté me permettait d'occulter les doutes qui me rongeaient et le malaise que je ressentais.

Quand vous vous contentez de vous laisser porter par le mouvement, elle peut sembler bien agréable la vie chez les Témoins de Jéhovah. Vous rencontrez des personnes qui, miraculeusement, vous ressemblent énormément, même lorsqu'elles vivent à des milliers de kilomètres de chez vous. Choisissez n'importe quelle ville du monde, cherchez l'adresse de la Salle du Royaume locale et vous vous retrouvez entouré par de charmants individus ravis de faire votre connaissance et qui vous inviteront très certainement immédiatement dans leur foyer ou vous proposeront de passer une belle soirée en groupe.

Évidemment, l'illusion a ses limites. Dans leur littérature, sur de belles photos, boubous et kimonos côtoient les costumes occidentaux dans un festival de sourires éclatants. Mais ces photos ne résistent pas à un petit grattage. Comme dans toutes les communautés internationales artificiellement unies, on adore les frères et sœurs de l'autre bout du monde, mais on ne supporte pas ceux de la rue d'à côté.

Je force le trait bien sûr. Comme dans n'importe quel groupe humain, des amitiés et des amours se nouent. Mais elles sont fatalement parasitées car leur force dépend de l'appartenance commune à la foi. Que l'un des amis ou des amoureux renoncent à Dieu et la relation interpersonnelle en sera irrémédiablement affectée.

« Tu avais signé un contrat et tu ne l'as pas respecté ». Je l'ai entendue quelquefois cette accusation. Et j'ai eu beau expliquer que puisque pour moi Jéhovah n'existait pas, il n'y avait qu'une partie au contrat et que celui-ci était donc nul, mon argument juridique n'a jamais vraiment été reçu.

Le baptême est simplement irréversible. Selon la description qui en est faite, on abandonne en étant immergé l'ancienne personnalité pour en revêtir une nouvelle, prévue pour durer la vie éternelle.

Pas de délai de rétractation, pas de clause de sortie. Mais d'énormes pénalités en cas de rupture par contre. De celles qui dissuadent les imprudents tentés par un coup de canif au contrat. Alors beaucoup renoncent face au coût exorbitant. Ils se résignent et se rabougrissent dans le sarcophage de doctrines qui les a piégés. Certains repoussent le moment de s'émanciper tellement loin que cela ne pourra plus se faire que dans un terrible fracas. Les derniers enfin trouvent leur porte de sortie au bout d'une corde. Je vous raconterai plus loin à quel point j'ai repoussé la rupture.

Mais nous n'en sommes pas encore là. Il me restait bien des expériences à faire avant de recouvrer, ou plutôt de découvrir, la liberté. Vous découvrirez la vérité et la vérité vous libérera, promet un verset de la Bible. Encore faut-il réaliser que c'est bien loin des pages de ce livre qu'il faut aller chercher ce qui sera le plus proche d'une vérité.

Chapitre 2

Adolescence

Premier amour

Avec l'adolescence, l'expérience qui allait très vite se présenter s'appelle l'amour. À cette période de ma vie, l'amour a pris en classes de collège le visage de Sandra.

Ça devrait pourtant être tellement simple l'amour. Une inexplicable attirance pour ce quelque chose d'unique que dégage l'être aimé. Une envie de parler, de rire, de partager. Et un désir charnel de ces corps qui commencent maladroitement à être apprivoisés. Et des parents qui observent la petite histoire se jouer d'un œil discret et amusé.

Ça n'a pas du tout été simple. Chez les Témoins de Jéhovah, l'amour, ou la relation amoureuse qui amène à se mettre en couple (pour faire simple), c'est un homme et une femme qui s'intéressent l'un à l'autre, idéalement plus pour des qualités spirituelles et morales que pour des attraits physiques, qui font chastement connaissance puis décident de se fiancer et se marier. C'est dans le cadre du mariage qu'ils découvriront la sexualité.

Débrouillez-vous avec cette ambiance Moyen Âge quand vous êtes un ado de la fin du vingtième siècle ! C'est en donnant une nouvelle dimension au clivage intérieur que j'ai essayé de m'en sortir.

Au début, je ne plaisais à Sandra, ou je pensais ne pas lui plaire en tout cas. Elle connaissait beaucoup de monde dans toutes les classes, elle était populaire, et invitée à tous les évènements qui faisaient envie à tout le collège. Moi je venais de débarquer à Strasbourg et ne connaissais donc personne, j'étais réservé et plutôt à l'écart et déjà mis en garde contre les dangers de la fréquentation des « gens du monde », déjà simplement à l'école, alors dans les boums ou sorties diverses n'en parlons même pas.

Le collège a accentué la fracture entre les deux parties de moi qui grandissaient ensemble. J'étais tiraillé entre mon envie d'être comme tout le monde, de m'amuser et accessoirement de plaire à la star de la 6e B et mon devoir d'obéir à mes parents, à Dieu et donc de respecter un code de conduite très strict.

Ce danger a été identifié par la « Société » (terme par lequel est curieusement désignée la tête de l'organisation internationale) qui met en garde contre le danger de mener une double vie. Ce piège était particulièrement abordé dans la rubrique *Les Jeunes s'interrogent…* du magazine *Réveillez-vous !*

Techniquement, je n'avais pas de double vie. À quelques entorses minimes près, mon comportement était irréprochable. J'avais commencé à dissimuler ce qu'était ma vie une fois sorti de l'enceinte de l'école mais rien dans mes actes n'auraient pu me valoir d'être rattrapé par la patrouille.

Je ressentais un certain malaise à ne pas oser m'afficher comme un futur Témoin de Jéhovah. « Si quelqu'un a honte de moi et de mes paroles au milieu de ces gens-là [...] alors moi j'aurai honte de lui », prévient la Bible. Ou encore dans un autre passage selon la Traduction du Monde Nouveau, « traître est le cœur, plus que tout autre chose, et il est incurable ». La honte collée à la peau et un traître dans la poitrine, j'étais bien barré dans la vie moi...

Je me suis habitué à cet écartèlement permanent, et au fond, je n'avais pas l'impression de vivre dans l'hypocrisie. Mon éducation m'apprenait que la vie est faite de tentations contre lesquelles il faut lutter, donc j'avais mes tentations tout simplement et je n'étais pas aidé par ce traître de cœur.

Des élèves m'avaient déjà aperçu dans les rues avec mes pantalons à pinces et ma petite sacoche, donc ils savaient... Mais personne ne m'en parlait ou n'en parlait devant moi, ce qui me permettait de refouler la conscience d'être identifié.

Alors je continuais à faire « comme si ». À entretenir le mystère sur les raisons pour lesquelles je n'acceptais pas les invitations, je ne faisais rien pour mon anniversaire et je n'avais visiblement pas les mêmes centres d'intérêt que les enfants de mon âge.

Ça attise la curiosité le mystère. Ça invite à l'exploration et peut même avoir un côté attirant. C'est peut-être cet aspect qui a fait que Sandra a froncé les sourcils en se demandant intérieurement qui était ce drôle de spécimen à la fois déconnecté de tout et pourtant en même temps en lien avec les autres et ayant un certain sens de l'humour.

Elle a donc voulu savoir qui j'étais. Quel cadeau de la vie ! Mon identité si particulière m'avait permis de me rapprocher de mon coup de foudre de l'époque. Quelle merveille, quelle merde ! C'était un exercice de funambule intenable qui commençait : me rapprocher d'elle autant que possible tout en la maintenant complètement à distance.

Puis un jour est arrivé le drame. En tout cas, c'est ainsi qu'il a été vécu à la maison. Ce jour-là, la prof du cours de maths de 10h était absente, et nous allions donc avoir une heure à tuer avant la reprise des cours. La logique aurait voulu que j'aille comme d'habitude au CDI lire ou faire mes devoirs.

Mais la tentation du fruit de l'arbre se présenta à moi. « On a qu'à aller chez moi », me dit Sandra qui habitait à deux minutes du collège. Comment aurais-je pu résister à une telle proposition ? Et ce qui devait arriver arriva. Nous avons fait de la balançoire dans son jardin. Une heure, installés dans son jardin, à avoir nos petites discussions d'enfants, à rire, à nous rapprocher un peu plus.

L'histoire aurait dû en rester là. Une petite escapade buissonnière, une petite cachotterie, la sonnerie de 11h qui retentit et l'école qui reprend, me laissant pour la suite de la matinée dans une rêverie molletonnée.

Mais comme l'entendent les petits chrétiens des congrégations du monde entier, Jéhovah voit tout, alors il est inutile de tenter de lui cacher quoi que ce soit. La providence a voulu qu'à 10h02 ma mère, sur le retour de courses, passe devant la rue dans laquelle je m'engageais en charmante compagnie.

En rentrant ce midi-là pour le repas (je ne mangeais pas à la cantine, autant éviter au maximum la fréquentation des mauvaises influences), je n'imaginais pas ce qui se cachait derrière la question « tout s'est bien passé ce matin ? » Mon « oui, oui » de réponse constitua un flagrant délit.

« Maman t'as vu avec une fille en dehors du collège ». Je n'ai plus le souvenir précis des mots qui se sont échangés ensuite. Juste la sensation de jambes coupées. Le fils honnête avait sombré dans le mensonge, le jeune vertueux avait succombé au vice, l'enfant modèle était un imposteur.

Derrière la honte d'être découvert, la tristesse de décevoir mes parents et le déchirement d'imaginer les mesures de protection à venir pour m'extirper du chant de la sirène, un autre sentiment a certainement commencé à remuer au fond de moi. Un sourd refus de vivre sous une inquisition biblique permanente.

Le week-end qui suivit fut sûrement le plus terrible qu'il m'avait été donné de vivre jusque-là. Il allait évidemment s'organiser selon les habitudes immuables de la famille : prédication, réunion et quelques moments de détente, mais la tension, le reproche et l'inquiétude étaient palpables en continu. Sans éclats de voix, juste une glaciale ambiance de réprobation ulcérée.

Les deux heures de rassemblement à la salle allaient au moins me donner l'illusion d'un répit. Pendant le discours donné par un orateur d'une autre ville et l'étude de l'article de la *Tour de Garde* prévu pour la semaine en question, ma famille allait être absorbée dans la routine des réunions : écoute attentive du discours ponctué des bruits de pages de Bible qui se tournent lorsqu'un verset et mentionné puis lu, puis une heure de questions-réponses basée sur un article de cinq à six pages. Le fonctionnement est toujours le même : chacun aura lu dans la semaine la trentaine de paragraphes et surligné les réponses aux questions posées en bas de page. Ainsi, lorsque le paragraphe sera lu publiquement et la question posée par le conducteur de l'étude, les participants pourront lever la main pour que l'un d'entre eux soit interrogé et répète souvent mot pour mot la petite phrase qu'il aura surlignée.

L'inconvénient ou l'avantage, selon le point de vue, du surligneur c'est que l'on peut voir d'assez loin si le papier est zébré de quelques traits de couleur. Et comme il est assez mal vu de ne pas avoir préparé sa réunion avant qu'elle ne commence, il arrive que quelques indisciplinés occasionnels ou coutumiers du fait surlignent furtivement les réponses quelques minutes avant le cantique qui marque le début des deux heures. Si par malheur vous n'avez pas eu le temps de vous préparer, vous sentirez certainement les regards discrètement jetés sur vos pages ouvertes, vierges de surlignage. Si vous vous trouvez à proximité d'une personne qui a des années ou des décennies d'assiduité à la salle, vous aurez peut-être même droit à un « tu n'as pas eu le temps de préparer ta réunion ? » savant mélange de compassion condescendante et de sévérité paternaliste.

Les membres de ma famille semblaient concentrés et participaient comme d'habitude, un œil non-initié aurait pu croire que tout allait bien. Mais pour moi, la situation était claire. Le visage crispé de mon père et le regard douloureux de ma mère ne laissaient pas de doute possible : nous traversions une grave épreuve. Je leur faisais traverser cette terrible épreuve.

La coutume veut qu'un orateur venu d'une autre congrégation soit en général invité par un foyer de la congrégation qui a bénéficié du discours. Mes parents prenaient souvent l'initiative de cette invitation. Frère Untel et son épouse allaient donc venir dîner à la maison. Et nous allions donc devoir être pour eux la jolie famille que tout le monde attendait que nous soyons. Je ne me sentais tellement pas l'énergie de montrer le visage du parfait petit Témoin de Jéhovah… Mais un élément allait me rendre la tâche encore plus ardue.

Il était du devoir de mon père de m'arracher des griffes du Diable qui sournoisement commençaient à m'enserrer. Et pour diagnostiquer l'ampleur du mal, mes parents avaient apparemment convenu que j'allais faire le trajet de retour en voiture seul avec mon père. Je ne sais plus comment il a amené la discussion. Je devine l'effort qu'il a fait pour comme toujours garder le ton de sa voix sous contrôle, énoncer ses idées avec méthode et précision alors qu'il devait être tellement inconcevable pour lui que son fils puisse montrer une faiblesse de cette sorte.

La question fatidique arriva au moment où mon père coupait le moteur après avoir rentré la voiture dans le garage. « Qui est cette fille pour toi ? ». Il me fallut du temps pour trouver les mots qui allaient à mes yeux être aussi compatibles que possible avec le code pénal de la congrégation tout en ne trahissant pas ce que je ressentais.

« J'ai des sentiments pour elle ». C'est par cette phrase que j'essayai sincèrement de partager les sentiments qui m'animaient. « J'ai des sentiments pour elle ». Est-ce vraiment de cette façon que l'on parle d'amour pour la première fois à douze, treize ou quatorze ans ? Tellement de lourdeur, tellement de calcul derrière ces mots. Pathétique nécessité d'aller chercher avec d'infinies précautions les mots suffisamment sincères sans être trop inflammables. Mais j'avais apparemment mal jaugé l'inflammabilité.

La colère et surtout la déception de mon père étaient lisibles dans les traits tirés de son visage et l'incandescence de ses yeux furieux. Ma réponse était simplement inentendable. Sans un mot, il sortit de la voiture en un bond et se dirigea vers l'entrée de notre immeuble. Dépité et certainement un peu honteux, je pris quelques instants pour retrouver ma contenance avant de rejoindre ma famille et les invités qui étaient arrivés pour la charmante soirée qui s'annonçait. Elle se passa comme je pouvais m'y attendre avec une cordialité de façade derrière un orage qui grondait.

Je n'ai plus de souvenirs du reste de ce week-end, mais je sais qu'il se termina d'une façon ou d'une autre sur la conclusion que l'incident était clos et que j'allais savoir gérer la situation en bon petit chrétien, en mettant fin à cet égarement insensé.

Ce qui est certain, c'est que pour clôturer ce week-end sur une note apaisante et cicatrisante, mon père décida de louer pour le dimanche soir la cassette vidéo de ce qu'il savait être mon dessin animé Disney préféré, *Le livre de la jungle.* Je n'en avais pas conscience à l'époque, mais cette histoire était le scénario de ma vie : Le petit Mowgli nait dans une jungle, « petit d'homme » élevé parmi les animaux qui peuplent cette forêt. Il fait tout pour se fondre dans le paysage et cherche à être un parfait petit loup, un parfait petit singe ou un parfait petit ours. Mais tout le pousse à se rendre à l'évidence : il n'appartient fondamentalement pas à ce monde et malgré toute l'énergie qu'il met pour tenter d'y rester, sa destinée est de rejoindre le mystérieux village des hommes pour vivre au milieu de ses semblables qui lui sont étrangers.

Je crois que cette soirée amplifia en moi le sentiment de dualité qui s'était jusque-là confusément développé. Une partie de moi était certainement convaincue que j'allais savoir répondre aux attentes de mes parents, de la congrégation, de la bonne conduite. Mais une autre savait que je ne pourrais renoncer à la douceur et à la légèreté à laquelle j'aspirais. C'était une décision inconsciente, que je ne considérais pas comme une hypocrisie.

Extérieurement, rien dans mon comportement ne serait répréhensible, en tout cas rien qui soit au-delà de la petite imperfection humaine d'un garçonnet de mon âge. Mais intérieurement, une lutte allait faire rage, entre mon éducation et ma perception de la vie, entre les tables de la loi et les flottements de l'existence, entre la rigidité des doctrines et la fluidité de l'intuition.

Les mois et les années de fin de collège et de début de lycée passèrent dans cet équilibre aussi stable en apparence que précaire en profondeur entre les forces contradictoires qui combattaient en moi. L'élément de la congrégation en pleine croissance et l'adolescent à la recherche de son identité.

L'adolescent amoureux reçut un jour la consécration de ses sentiments. Alors que nous marchions un jour dans les rues autour de notre lycée accompagnés de sa meilleure amie, Sandra prononça sur un ton faussement détaché et anodin les mots suivants : « c'est bizarre, tu es le seul de mes amis proches avec lequel je ne suis pas sorti ». Je fis mine de laisser cette phrase s'envoler en ayant pour seule réaction un sourire, mais son impact fut très fort en moi. IL AURAIT PU Y AVOIR UNE HISTOIRE ENTRE NOUS. Cela ne resterait que du conditionnel, mais savoir que cette possibilité dépendait de moi était à la fois une frustration douce-amère et un cadeau.

J'avais décliné poliment ce cadeau en donnant l'impression de ne même pas avoir vu qu'il m'était présenté. Comme si la perspective qu'il aurait pu être à moi était le summum de ce à quoi je pouvais prétendre. L'alternative face à cette perspective était redoutablement simple : assumer de payer le prix de ce cadeau ou fuir.

C'est la plus lâche de ces deux options que j'ai choisie. Suite à des changements d'organisation dans l'entreprise dans laquelle mon père travaillait, nous devions théoriquement quitter Strasbourg pour aller habiter à Rennes. Mon père postula dans d'autres entreprises et fut recruté par un groupe européen en pointe sur le marché des semi-conducteurs et dont l'un des sites français était situé à Grenoble.

Nous allions donc finalement vivre à proximité de mes oncles, tantes, cousins, cousines du côté de ma mère. C'était enthousiasmant pour moi de ne plus être seulement le cousin qui venait passer une semaine de vacances scolaires de temps à autre mais de m'intégrer à ce que j'imaginais être la cohésion et l'unité familiale.

Je voyais ce déménagement comme une chance de pouvoir me sortir du piège dans lequel j'étais. Nous étions quelques années avant l'an 2000, et il n'y avait donc pas de téléphones portables, ou en tout cas ils n'étaient pas utilisés par le grand public. Et Sandra n'avait donc pas de numéro pour me joindre. Alors j'ai décidé de disparaître de sa vie et de ne lui donner aucune nouvelle à partir du jour où j'ai quitté la ville qui avait vu notre rencontre.

J'avais honte de cette fuite, mais je savais qu'en étant loin, tous les petits moments volés avec elle, dans le bus pour aller en cours, dans les couloirs du lycée ou à de rares autres occasions n'existeraient plus. Cette relation ne pourrait plus appartenir à un jardin secret qu'il me serait possible de protéger et de tenir à l'abri du cadre strict qui pesait sur moi.

Imaginer Sandra en train d'attendre de mes nouvelles, puis se demander ce qui se passait et enfin être en colère contre ce petit con qui avait pu la laisser en plan d'une façon si minable me donnait le vertige, mais j'étais à l'époque incapable d'imaginer une autre issue.

Quelques années plus tard, ne supportant plus ce sentiment d'avoir lâchement déserté, je pris la décision de la contacter, juste pour essayer de justifier l'injustifiable. Quelques recherches me permirent de trouver le numéro de téléphone de l'un de ses cousins qui me donna ses coordonnées. Je ne sais plus ce que j'ai piteusement bafouillé lorsqu'elle a décroché. Je me souviens juste que le ton de sa voix semblait se demander ce que cet OVNI oublié venait remuer. J'appartenais certainement pour elle à un passé qui avait été recouvert par la suite des évènements de sa vie. De mon côté, la honte l'avait gardée bien vivante en moi.

Le petit courage de la contacter n'effaçait pas la faiblesse d'avoir disparu, mais cette action me permit dans un sens de classer le dossier.

Tais-toi et cours !

D'une certaine façon, ma vie se simplifia après cette démarche. La partie visible de ma vie en tout cas. La partie émergée de l'iceberg. Je connaissais bien mon rôle de jeune Témoin de Jéhovah. Je connaissais bien la partition, et depuis le temps que je la jouais, j'étais devenu assez à l'aise.

Le secret c'était d'être actif, très actif. Impliqué dans un maximum d'activités religieuses et non-religieuses avec les membres de la congrégation. J'évoluais dans un écosystème auquel je m'étais parfaitement adapté. S'absorber dans l'étude de la Bible et de toutes les publications ; préparer les réunions, y assister et y participer ; présenter de courts exposés à la salle devant un auditoire d'une centaine de personnes ; faire du porte-à-porte et « donner témoignage » en différentes circonstances ou encore rejoindre les chantiers de construction de Salles du Royaume ou de Salles d'Assemblées. Mais aussi avoir des amis parmi les jeunes chrétiens ou futurs chrétiens et partager avec eux des sorties, des soirées, de bons moments ; aider les frères et sœurs pour les déménagements et autres activités qui demandent de la main-d'œuvre ; rendre service aux personnes âgées de la congrégation. Il y avait tellement de choses à faire qu'au final, il était possible de ne pas trop laisser son esprit s'évader sur des terrains périlleux.

Planning de vie

Avoir un rythme qui tient à la fois du sprint et du marathon permet de ne pas se demander ce que l'on est vraiment en train de faire de sa vie.

Les années sont séquencées selon une programmation qui crée la même boucle d'année en année.

Chaque journée démarre et se termine par une prière, individuelle ou familiale. Des prières ponctuent également divers moments de la journée tels que les repas. Le forfait prière étant illimité, il est possible de s'arrêter n'importe quand pour une courte prière. Un petit livret intitulé « Texte du jour » prévoit quotidiennement la citation d'un verset biblique suivi d'un bref commentaire. À étudier préférablement en famille. La bonne habitude de lire la Bible entièrement dans l'année étant fortement recommandé, chacun suivra son découpage pour couvrir l'ensemble du livre sur une année.

Chaque semaine sont prévues trois réunions :

– Deux heures sur un soir, fractionnées en deux parties, l'Ecole du Ministère Théocratique, où chacun apprend à donner de petits exposés en abordant lors de petits sujets de 5 minutes un thème biblique et la Réunion de Service principalement axée sur l'entraînement et la formation au porte-à-porte et ses variantes modernes (petits stands mobiles dans les villes, téléphone, courrier...).

– L'Étude de livre sur une heure, où l'on se consacre sur le mode questions-réponses à l'examen d'un chapitre d'un livre édité par la Société.

– Deux heures à nouveau dans le week-end, pour une réunion répartie entre le discours public et l'examen par questions-réponses de l'article de la Tour de Garde prévu pour la semaine.

Tout Témoin de Jéhovah digne de ce nom consacre chaque semaine au moins quelques heures à l'évangélisation, la prédication. Comme chacun remet un rapport en fin de mois pour recenser le nombre d'heures passées, le nombre de nouvelles visites à des personnes déjà rencontrées, le nombre d'études bibliques menées et le nombre de publications « placées », un rapport annuel permet de se situer en fonction des moyennes et des valeurs absolues du monde entier. Un simple « proclamateur » dédie en moyenne dix heures par mois à la prédication, quand les « pionniers » qui se sont fixés des objectifs mensuels chiffrés peuvent passer 50 ou 140 heures par mois à cette activité.

Chaque année ont lieu, sur le format des réunions mais en dosage plus important, deux ou trois assemblées de circonscription (une ou deux journées entières) rassemblant plusieurs centaines ou quelques milliers de participants et une assemblé de district (deux ou trois journées entières) rassemblant en général plusieurs milliers de fidèles. Le Mémorial, commémoration de la mort du Christ, est un autre évènement marquant célébré chaque année

Petit garçon, j'avais parfois entendu ces gens qui prétendaient que « nous » étions victimes d'un lavage de cerveau. Dans mon imaginaire d'enfant, le lavage de cerveau, ça ne pouvait être que les scènes de films où l'on voit une personne attachée à une chaise et à qui l'on a planté des électrodes dans le crâne ou encore ces scènes de prisonniers enfermés dans une pièce qu'on empêche de dormir et qu'on expose de façon incessante à quelques phrases hurlées à haute voix pour les marteler dans sa tête et les faire entrer dans son cerveau.

Je compris bien plus tard qu'un lavage de cerveau bien réalisé n'emprunte pas ses techniques à la torture ou à la brutalité. Il n'a même pas besoin d'une intervention extérieure continue. Il vient simplement vous suggérer avec une détermination enveloppée dans beaucoup de douceur à quel point il est nécessaire de prendre des repas spirituels copieux et surtout avec une grande régularité. Et, grâce à Dieu, tout est fait pour que votre assiette spirituelle ne soit jamais vide.

Quand vous voyagez dans un TGV propulsé en puissance maximale, si vous vous focalisez uniquement sur le bord immédiat de la voie ferrée que vous fendez à pleine vitesse, vous ne percevez rien d'autre qu'une frénétique succession de couleurs et de masses informes qui saturent votre cerveau. Ce n'est que si vous levez les yeux au loin que le paysage prend son relief et sa profondeur.

Mais il en va du lavage de cerveau comme des lessives : il n'y a que dans les publicités à la télévision qu'elles dissolvent toutes les taches et ramènent les vêtements à un état de pureté immaculée. Les doutes les plus coriaces restent incrustés. C'est en tout cas ce qui se passait pour moi.

Les doutes prenaient de plus en plus de place, de plus en plus de force dans mon esprit. La réalité, que je n'étais pas en mesure d'accepter à ce moment-là, c'est qu'un tel niveau de doute s'appelait simplement une absence de foi.

Alors, refusant la violence de ce constat, je continuais à me cramponner aux quelques lambeaux de réflexion qui permettaient de justifier mon appartenance à ce peuple de Dieu dans lequel j'étais.

En même temps qu'une partie de moi tirait à boulets rouges sur l'enseignement que j'avais reçu depuis ma naissance, une autre cherchait à réfuter l'idée que la vision de la vie et du monde qui m'avaient été inculquées ne reposaient que sur du vent.

Etait-il vraiment possible que ces personnes que je côtoyais, dont certaines étaient très intelligentes se soient totalement fourvoyées ? Toute ma famille pouvait-elle être à ce point dans l'erreur ? Cette fraternité dans laquelle je vivais, cette organisation mondiale si bien rôdée ne pouvaient-elles s'être cristallisées qu'autour d'un conte de fées allant d'Adam et Ève au Christ en passant par le déluge ?

Pour ne rien arranger au trouble immense dans lequel je me trouvais, l'année de mon arrivée à Grenoble était pour moi l'année de terminale. Et dans la filière que je suivais, la terminale comportait une nouvelle matière : la philosophie.

Je savais déjà que cette matière allait beaucoup me plaire. Ma mère aussi le pressentait et le redoutait. Et pour contribuer à nourrir son inquiétude, il se trouve que, M. Michel, le professeur qui nous initia à cette nouvelle gymnastique de l'esprit, savait rendre sa matière passionnante.

Le tout premier cours marqua directement une rupture avec le parcours scolaire que j'avais eu jusque-là, et au-delà du parcours scolaire, le parcours de vie qui avait été le mien. Je participai beaucoup pendant cette heure de cours. J'interrogeai, j'argumentai, j'objectai. Je percevais bien la conclusion à laquelle M. Michel voulait nous amener, dès cette première heure, et cela me paraissait incroyable.

Au terme de cette heure fascinante, le professeur posa la question qui concluait magistralement les échanges : « Alors, quelle conclusion pouvons-nous tirer de ce que nous venons de dire? » Ma réponse sonna comme une jubilation. « Il faut tout remettre en question! »

Ça alors! Être invité par un enseignant à tout remettre en question! Alors que l'école avait été le lieu où il fallait faire ses devoirs, avoir des bons points puis des bonnes notes.

Les maîtres, les instituteurs et les institutions nous avaient appris à nous conformer au programme scolaire et voilà qu'un Judas de l'Éducation Nationale nous proposait de renverser la table !

Ce n'était rien qu'une heure de cours. Mais elle fait partie de ces moments fondateurs qui ont ancré ma réflexion et mon évolution. Ce que j'avais toujours intuitivement compris était théorisé et présenté comme un état d'esprit non seulement possible, mais même nécessaire.

L'implication directe de cet éloge de la contestation était la remise en question de l'autorité. J'avais grandi en prenant pour acquis que l'autorité est une caractéristique naturelle et allant de soi de certaines personnes ou de certaines institutions. Les adultes, les parents, les anciens, les professeurs ou Dieu par exemple.

Rien de très différent au fond de ce qu'apprennent la majorité des enfants et des adultes. Mais simplement poussé quelques crans plus loin du fait de la dimension « droit divin » de l'autorité. Et supposant donc une opposition poussée quelques crans plus loin en cas de révolte.

Pour le bonheur des féministes, la Bible établit clairement la chaîne de commandement, indiquant que « *la tête de tout homme, c'est le Christ ; la tête de la femme, c'est l'homme ; et la tête du Christ, c'est Dieu* » (1 Corinthiens 11 : 3). S'il était possible de remettre en cause l'un des étages, alors c'est toute la chaîne qui pouvait sauter.

La base philosophique de mon émancipation était donc posée dans mon esprit, mais il allait me falloir encore bien du temps et plusieurs étapes avant de la matérialiser concrètement.

Pour faire une deuxième référence à mes cours de philosophie, je vivais clairement selon l'allégorie de la caverne de Platon. Né dans l'obscurité de la caverne, je ne percevais que l'ombre et l'écho des choses. Aller vers la lumière supposerait forcément un éblouissement au minimum très désagréable voire douloureux et le rejet par ceux restés dans la caverne.

Et finalement, pourquoi chercher à quitter la caverne ? Sacrifier une partie de sa vie pour un idéal familial, une illusion collective, au fond quelle importance ? Surtout que la vie dans l'illusion peut sembler très confortable. Quand je faisais le bilan de ma vie, je pouvais considérer que les aspects agréables dont je profitais valaient bien la peine de la tornade intérieure que je traversais :

L'ambiance générale donnait un sentiment de bien-être apparent, forcément puisque je voyais les gens dans les moments où ils étaient bercés par leur espérance et par le réconfort apporté par la compagnie fraternelle. Évidemment, certains traversaient des difficultés dans leur vie et allaient mal, mais cela était l'occasion de voir à quel point la communauté prenait soin de la souffrance de chacun.

Le côté *famille internationale de frères et sœurs* avait également de quoi me plaire. M'imaginer que n'importe où dans le monde se trouvaient des personnes que je pouvais par principe considérer comme des amis ou même comme des membres de ma famille me donnait l'illusion que la planète entière pouvait en réalité être un endroit accueillant. Le cliché *United Colors of Benetton* d'une humanité pacifique et solidaire.

Un observateur qui entrerait dans une Salle du Royaume pour la première fois pourrait avoir le sentiment d'une *valorisation* de chaque membre de la congrégation. Pas de titres ronflants, pas de privilèges, pas de distinction sur des critères d'ethnie, de rang social ou d'âge. Je sais avec le recul que ma vision de la congrégation était biaisée. Je n'étais pas conscient du statut particulier conféré par le fait d'être un « fils d'ancien », et certainement même le fils de CET ancien. J'étais agacé quand on me faisait cette remarque « oui, mais toi, tu es le fils de Shams… » C'était blessant pour moi d'être à nouveau renvoyé à une différence. On me cataloguait comme un privilégié de la congrégation incapable de comprendre la vie de la majorité des « brebis du troupeau de Dieu ». Mais en repassant dans ma mémoire différentes situations, il ressort clairement que cela m'immunisait contre les critiques, les jugements, les reproches que les membres moins « gradés » de la congrégation pouvaient subir.

Grâce à ces aspects de mon univers d'alors, et à d'autres éléments que j'évoquerai plus loin, je semblais sereinement installé dans ma confortable routine. Mais des symptômes de la crise que je préparais étaient déjà présents. Des signaux faibles, comme disent les enquêteurs aujourd'hui, mais qui peuvent être révélateurs de grands bouleversements.

Une anecdote illustre bien l'un de ces signaux. En entrant dans ma chambre un soir, j'eus la désagréable surprise de constater que ma mère avait accroché un tableau au mur. Contrarié, je m'adressais à elle depuis le haut de l'escalier.

– C'est toi qui as accroché un tableau dans ma chambre ?

– Oui, pourquoi ? Tu ne l'aimes pas ?

– Ben tu as fait un trou quoi…

Mon père, interloqué et irrité, intervint à ce moment-là, en montant me rejoindre dans ma chambre.

– Mais comment ça « tu as fait un trou » ? Quelle importance de faire un trou ? Il n'y a aucune décoration dans ta chambre ! Comment peux-tu avoir une conception aussi minimaliste de l'existence ?

Je compris alors que cette intrusion décoratrice dans mon espace personnel cachait une réelle préoccupation de mes parents. Ils avaient remarqué, comme d'autres invités qui étaient venus à la maison, à quel point la pièce que j'occupais étais vide. « Elle fait peur ta chambre », avait dit une amie. Ce qui était assez surprenant dans la réaction de mon père, c'est que lui-même n'avait pas ce qu'on pourrait appeler une conception fantaisiste de l'existence…

Mais l'inquiétude de mes parents était fondée. Le dépouillement de ma chambre disait au moins deux choses de moi. Dans mon esprit, les objets ou les éléments de décoration étaient forcément rattachés au moment auxquels ils étaient venus se figer à un endroit précis. Le plus représentatif de ces objets étaient pour moi les livres. J'ai toujours aimé lire, mais je détestais posséder des livres. Parce que je pouvais les rattacher à un trait sur l'axe du temps de mon passé, qui par définition n'est plus. Les livres et les objets étaient pour moi la preuve des moments morts. Et je préférais le vide à la mort. Parce qu'avoir conscience de la volatilisation du temps tout en baignant dans un discours de vie éternelle me plongeait dans un vertige angoissant.

Le deuxième aspect de ma personnalité que trahissait ma cellule aux murs blancs, c'était ma vision spartiate, stoïcienne de l'existence. La puissance humaine, dans l'esprit du jeune homme que j'étais, c'était d'endurer, de résister, de savoir serrer les dents sans jamais rien montrer. Cela me paraissait la seule façon d'être invulnérable, inaccessible, indestructible. La contrepartie de cette vision, c'est qu'elle conduit à renoncer à la vie.

Lors d'un entretien d'embauche un responsable de recrutement me demanda qui était la personnalité qui m'avait le plus marqué ou que j'admirais le plus. Je crois que sa mâchoire est tombée quand je lui ai répondu « Épictète »...

– Alors, je m'attendais à un sportif, à un artiste ou à un personnage historique, me répondit-il, mais Épictète ???

Je lui racontai donc l'histoire (certainement fictive) d'Épictète, un des maîtres du stoïcisme, que je tenais également de mon professeur de philosophie. Né au début de notre ère à Hiérapolis il fut vendu comme esclave à Rome. Un jour son maître rentra après avoir un peu trop bu et se mit en colère contre son serviteur qui avait une telle maîtrise de lui-même. Il lui coinça le genou dans un étau et commença à le serrer en disant « on va voir si tu gardes cette maîtrise ». Au moment où le genou craqua dans un bruit sec, Épictète dit à son maître « tu vois, tu l'as cassé ».

J'enviais une telle capacité, si elle existait. Si mon salut ne se trouvait pas dans la foi, qui s'obstinait à me rester étrangère, peut-être pouvait-il prendre la forme d'une aptitude intérieure à neutraliser les tourments en bloquant les ressentis et les doutes.

Cette stratégie correspondait à une recherche d'apaisement intérieur de ma part, mais elle était clairement aussi le fruit de mon éducation judéo-chrétienne fondamentaliste. Être maltraité et résister à ces maltraitances, quoi de plus conforme aux paroles du Christ, « s'ils m'ont persécuté, ils vous persécuteront aussi » (Jean 15 : 20). Alors dans l'héritage culturel des Témoins de Jéhovah, le fait par exemple d'avoir été un objet de haine spécifique de la part des Nazis prend beaucoup de sens. Les Juifs ont eu leur étoile jaune, les *Bibelforscher* leur triangle violet. Être identifié par le « mal absolu » comme étant un groupe à part entière ne ressemble-t-il pas à la consécration d'être « le bien »? Le petit Ludo ressentait donc une certaine fierté lorsqu'il se disait qu'à l'interrogation de Jean-Jacques Goldman « *et si j'étais né en 17 à Leidenstadt?* », en tant que Témoin de Jéhovah il aurait peut-être été « *l'arbre au milieu d'un torrent* ».

Les ambiguïtés qui me traversaient étaient profondes, le morcellement de mon identité devenait intenable. Il y avait peut-être une solution. C'était un coup de poker insensé. Se jeter dans le vide depuis le bord du précipice en tentant la petite chance d'attraper le bout de corde qui est le seul espoir. Cette petite chance s'appelait Béthel.

Béthel, Bétel. L'homophonie est pleine de sens entre le centre coupé du monde extérieur et la drogue répandue en Birmanie. Aller au Béthel, c'était comme chercher à consommer en permanence une substance me permettant de ne plus être tourmenté par ma certitude que je ne partageais pas les croyances de mes proches, de mes intimes.

J'envoyai donc une lettre évoquant mon souhait d'intégrer le service de traduction du Béthel de France. Quelques jours plus tard, je reçus en retour un formulaire de candidature accompagné de textes à traduire pour évaluer mon niveau de maîtrise de l'anglais. La porte s'ouvrait devant moi.

En leur renvoyant mes traductions, je leur demandai s'il valait mieux que je termine mes études avant de rejoindre le Béthel ou s'il était plus pertinent que je saute le pas de façon immédiate. C'était dans un sens une façon pas très glorieuse de me préparer un filet de sécurité, car il était au fond évident que les responsables de l'association ne se risqueraient pas à prendre une décision à ma place.

Logiquement, leur réponse me renvoya à ma responsabilité. Du moins à ma responsabilité avec assistance céleste. « Analyse cette question dans la prière et fais confiance à Jéhovah », proposait le courrier. Je me retrouvai donc face à un carrefour qui pouvait transformer drastiquement ma vie. S'enterrer vivant en quelque sorte pour ne plus être écartelé par d'insupportables contradictions ou poursuivre ma vie « normale » avec les tiraillements qui en étaient le corollaire.

Le quitte ou double était trop dangereux. Si l'anesthésie de la routine spirituelle à un rythme effréné et la vie dans les recoins les plus profond de la caverne ne fonctionnaient pas, je me retrouverais quelques mois ou quelques années plus tard dans le monde réel en ayant interrompu mes études en début de cursus pour rejoindre une communauté religieuse… Atterrissage brutal voire impossible garanti!

Je renonçai donc à mon aventure béthelite, mais cela ne m'empêcha pas de poursuivre mon évolution dans l'organisation jéhoviste. Lors d'une semaine spéciale, mon nom fut évoqué lors du passage en revue des membres de la congrégation par le surveillant et les anciens. Il leur apparaissait que j'avais le profil pour être impliqué de façon un peu plus importante dans la vie de la communauté.

Après l'une des réunions de cette semaine spéciale, l'un des anciens demanda à me parler et m'annonça qu'ils avaient décidé de me nommer Assistant Ministériel. Peut-être disait-on encore à l'époque Serviteur Ministériel.

Évoquer ce nouveau « galon » qui m'était proposé me permet de faire une parenthèse sur les quelques rares évolutions dont j'ai été témoin durant ma vie dans la communauté. L'une concerne un rafraîchissement de la compréhension d'une prophétie biblique. L'autre est un toilettage de la sémantique utilisée par l'organisation.

Se basant sur un verset qui rappelle que « la lumière va croissant tout au long du jour » (Proverbe 4 : 18), la Société distille l'idée que certaines interprétations de la parole de Dieu peuvent bénéficier d'éclaircissements grâce à une analyse plus fine des textes eux-mêmes ou de prises en compte d'évènements historiques ou de réalités dont on ne peut tout simplement plus faire abstraction. On n'en est bien sûr pas encore à rebaptiser Adam et Ève Cro-Magnon et Lucy, mais mettre un imperceptible coup de biseau d'interprétation au bloc de granit de croyances des adeptes est déjà une révolution.

Par une cascade de versets et de références à des dates historiques collés ensemble par quelques acrobaties dont ils ont le secret, les Témoins de Jéhovah considèrent que l'année 1914 a marqué un tournant dans l'histoire humaine, non seulement de par le traumatisme que nous connaissons tous, mais également en tant que point de départ d'une nouvelle ère dans les plans de Dieu pour la planète. À cette date auraient commencé les « temps de la fin » dont l'aboutissement attendu est Armageddon, le jour où la fureur divine s'exprimera en détruisant la méchanceté et les méchants.

En langage moderne, on parlerait d'un atroce génocide planétaire, mais il s'agit plutôt à leurs yeux d'une mesure écologique radicale. J'ai toujours été frappé en tant qu'enfant de constater que les adeptes autour de moi étaient capables d'être émus par les faits divers qui faisaient l'actualité et qui concernaient une victime ou un nombre limité de victimes tout en étant enthousiasmés par les récits dans lesquels le Dieu d'amour détruit en un instant ou en une nuit des dizaines ou des centaines de milliers d'Assyriens, d'Égyptiens, de Babyloniens ou autres peuplades « païennes ».

Considérant donc l'année de la première Guerre Mondiale comme un point de rupture de l'histoire et s'appuyant sur le passage de Matthieu 24 : 34 selon lequel « cette génération ne passera pas que toutes ces choses n'arrivent »; l'enseignement jéhoviste voulait que des personnes nées avant 1914 ou à cette date soient encore en vie au moment de l'intervention céleste. Fatalement le nombre de personnes répondant à ce critère s'est réduit de façon drastique au fil des années et il a par conséquent été nécessaire de faire une mise à jour du logiciel pour expliquer qu'il ne fallait pas avoir une lecture aussi rigide du mot « génération »...

La deuxième actualisation que j'ai évoquée est très révélatrice de la façon dont le mouvement religieux tente de conserver sa pureté idéologique tout en prenant en compte certaines évolutions de la société.

Après avoir utilisé, à l'aube de leur histoire, différentes versions de la Bible, les gens qui ont suivi Charles Russel, fondateur des

Etudiants de la Bible, et ses successeurs en sont venus à la conclusion que si les Églises s'étaient dévoyées en adaptant le christianisme originel aux milieux dans lesquels elles évoluaient, il en allait certainement de même des textes mêmes qu'elles utilisaient.

Le retour aux sources supposait donc également de revenir vers la langue originale pour s'assurer que rien n'avait été perdu, dissimulé ou déformé lors de la traduction. Après des années de travail, *Les Saintes Écritures – Traduction du Monde Nouveau* étaient enfin disponibles, traduites dans quasiment toutes les langues du monde.

Dans mon souvenir, ce livre central de la doctrine et du culte jéhovistes a été actualisé une seule fois pendant les années que j'ai passées à l'intérieur de la secte. La *Traduction du Monde Nouveau* passait par exemple de la version francisée de nombreux noms de lieux et de personnages à une consonance présumée plus proche de la langue originale.

C'est me semble-t-il dans le même temps que le vocabulaire utilisé a connu quelques adaptations. La fameuse « exclusion » qui frappe les adeptes qui se sont rendus coupables d'un péché et ne sont pas repentants est devenue embarrassante dans un contexte social ou la lutte contre l'exclusion était affichée comme une priorité dans les discours des acteurs politiques, sociaux et économiques. Le mot a donc été remplacé par la plus traditionnelle « excommunication » rendue plus acceptable par sa poussiéreuse ancienneté. J'aurai l'occasion de réévoquer ce terme plus loin dans mon récit.

Un autre exemple de ce coup de jeune, ou disons coup de moins vieux, sémantique concerne donc le nouveau grade que j'avais atteint. Pendant mon enfance, les hommes qui étaient en charge de la congrégation étaient les Anciens et les Serviteurs Ministériels. Le mot Serviteur étant communément rattaché à une notion de lien de subordination proche de l'esclavage, il fut décidé de le remplacer par le terme un peu moins connoté d'Assistant.

Je ne sais plus lequel des deux mots était en vigueur lorsque ce « privilège » m'a été accordé, mais je me suis donc retrouvé à devoir assumer cette fonction. Dans un premier temps, elle consiste simplement pour les Assistants novices à s'acquitter de tâches d'intendance lors des réunions hebdomadaires et des différents rassemblements qui rythment l'année : sonorisation, passage des micros lors des séquences de questions-réponses, gestion du parking et de l'accueil lors d'assemblées plus importantes.

Techniquement, personne ne m'a obligé à endosser cette responsabilité. Le collège des Anciens et le Surveillant de circonscription considéraient que je remplissais les conditions requises pour « être nommé » comme ils disent, mais la décision me revenait. Seulement, pouvait-il exister un motif recevable de décliner l'invitation ? Un refus aurait forcément été considéré comme le symptôme d'une maladie spirituelle. Et de toute façon à cette époque-là, ma vie était dans la congrégation, donc la logique était que je suive les rails du train qui était les miens depuis ma naissance.

S'il n'existe pas réellement de pyramide hiérarchique établie parmi les Témoins de Jéhovah, il n'en demeure pas moins que le fait de devenir Assistant Ministériel ou Ancien est un gage d'exemplarité, de spiritualité et de bonne conduite. Il s'agit donc d'un sésame qui vous accorde une certaine réputation et confère un certain poids à vos actes et vos paroles. Vous devenez un exemple à suivre pour les jeunes de la congrégation.

Quel étrange chemin se dessinait devant moi ! Adepte actif et solide dans le regard des autres, adolescent suradapté et en cours d'effondrement selon mon ressenti intérieur. Je sais d'après ce que me disaient mes amis de l'époque que je renvoyais une image de spiritualité sereine et de foi non-dogmatique. Il faut croire que j'avais un certain talent pour que l'illusion fonctionne. Mais il ne s'agissait pas d'hypocrisie. Simplement d'un mode de survie.

Mon ambivalence s'exprimait dans l'habitude que j'ai cultivée de quasiment toujours prendre le contrepied des environnements dans lesquels je me trouvais. J'en suis venu à adorer être le grain de sable dans la machine bien huilée, l'intrus dans un cadre d'uniformité.

J'étais parmi mes coreligionnaires celui qui venait chatouiller les questions sensibles, les zones de vulnérabilité de la foi des uns et des autres, pour les tester, pour les obliger à se questionner et à argumenter. Je me souviens du jour où au cours d'un repas, une discussion s'engagea sur la langue qui serait parlée sur la planète une fois que le Monde Nouveau attendu serait advenu. Parce que les références bibliques à une « langue pure » font croire au Témoins de Jéhovah que la réparation de l'humanité passera aussi par l'adoption d'un seul langage pour les peuples du monde entier, ou plutôt pour LE peuple du monde entier devrais-je dire. L'unité grâce à l'uniformité en somme.

L'une des convives, qui s'illustrait toujours par sa totale incapacité à apporter la moindre nuance à son bloc de croyances, affirmait qu'il était impossible, dans le monde parfait à venir, qu'il y ait les moindres adaptations locales à la langue universelle qui allait être parlée. « Parce que tu crois que le mot « maison » voudra un jour dire exactement la même chose pour un esquimau et pour un Bédouin ? », lui répondis-je. La conversation s'arrêta là. Avec pour elle l'irritation outrée de voir ma conception élastique des choses. Et pour moi la satisfaction malicieuse d'avoir teinté son océan de certitudes de quelques gouttes d'interrogation.

Pour mes camarades et les personnes du « monde extérieur » que je côtoyais, j'étais celui qui représentait des valeurs et des croyances d'un autre temps mais qui venait perturber tout ce qui est communément admis.

Créer le doute, la perturbation. Déstabiliser les certitudes avec une volonté malicieuse. Montrer à ceux qui se pensaient stables, solides, campés sur des bases profondément enracinés à quel point ils étaient fragiles, influençables et englués dans des croyances mouvantes. Une curieuse et presque malsaine inclination à saper, éroder, créer le déséquilibre voire détruire.

Ce comportement que j'adoptais vis-à-vis des autres, n'était que le miroir du débat qui m'agitait dans mon for intérieur. En plus d'être une fuite en avant, ma démarche vis-à-vis du Béthel parlait d'autre chose en moi. Elle parlait de l'idéal de perfection que j'avais développé dans mon enfance. Il fallait que la perfection existe. Et si l'histoire de vie et de monde parfaits que m'avaient vendue les Témoins de Jéhovah s'était transformée en cruelle désillusion, je ne renonçai pas encore à cet idéal.

Le nombre imaginaire

Si la perfection devait exister en ce monde, il ne restait qu'un seul endroit dans laquelle elle pouvait se trouver : les sciences, et plus précisément les mathématiques. Alors dans la période de fin de lycée/début d'université je m'intéressai de près à cette matière que j'avais boudée pendant ma scolarité.

J'avais grandi en me disant que j'étais un littéraire, pas un matheux. Et dans mon esprit de l'époque, les littéraires avaient la culture, les matheux, l'intelligence, l'intelligence étant supérieure à la culture. Pour devenir intelligent, il fallait donc que je devienne matheux. Ma croyance était que seule la forme d'intelligence scientifique était incontestable, et par là, la seule en mesure de réellement défier et remettre en cause.

En filigrane de mon nouvel engouement se cachait aussi un enjeu important par rapport à mon père. Il me semblait imbattable aux échecs, aux dames et à toutes ces activités qui font appel à la logique et au calcul. Comme j'étendais cette supériorité de logique et de calcul à tous les domaines de connaissance et de compréhension, il me paraissait évident que pour contredire mon père en termes de croyances, il fallait que je puisse m'approcher de son niveau de maîtrise des outils scientifiques. Je réaliserais plus tard que c'était une grosse erreur de raisonnement.

Alors que je suivais un cursus économique et social, je me mis donc, au grand étonnement de mes camarades, à être passionné par les quelques heures de maths que nous avions au programme. « Mais qu'est-ce que tu fais dans cette filière ? » me demandaient-ils. Je les fatiguais en essayant de décortiquer les concepts qui nous étaient présentés, en allant chercher toujours un peu plus loin les implications et les développements possibles.

J'en avais la conviction : maîtriser la trigonométrie, la géométrie, l'algèbre, c'était se donner les moyens de percer les secrets de l'univers, du monde, de la vie. Parce que les génies de l'antiquité et du passé plus proche, de Pythagore à Einstein, avaient élucidé les théorèmes et les formules qui ont permis à l'homme de construire les pyramides, d'envoyer des fusées sur la lune ou d'explorer l'infiniment petit. Ils avaient au fil des siècles et des millénaires patiemment déchiffré les forces qui font tenir les corps célestes, les êtres vivants et les atomes. Et ces principes sont immuables, ils ne souffrent pas d'exception. Je tenais donc enfin une forme de perfection !

C'est la présentation d'un seul concept qui fit s'écrouler l'édifice de ma croyance. Le nombre imaginaire. J'avais appris toute ma scolarité que le carré d'un nombre est forcément positif. Or, des mathématiciens italiens du XVIe siècle introduisirent le concept d'un nombre imaginaire dont le carré est négatif. $I^2=-1$ comme on dit dans leur langue.

Autant vous dire que cette palpitante histoire ennuyait au plus haut point mes camarades. Mais pour moi, cela avait une grande importance. Si même les mathématiques connaissaient une exception alors vraiment la perfection n'existait nulle part. Je protestai en m'adressant au professeur : « C'est absurde ! » Sa réponse me plongea dans une grande réflexion. « Ce n'est pas absurde, c'est une construction mathématique ».

C'était donc ça l'explication. La réalité n'était pas une donnée stable, intangible qui s'imposait comme une évidence. Elle reposait aussi grandement sur les concepts, les langages, les grilles de lecture créées par l'homme. C'était une révolution pour moi. L'imaginaire prenait sa revanche sur le réel. L'imaginaire permettait d'expliquer le réel, il faisait même partie prenante du réel. Toute tentative d'établir une vérité dogmatique négligeait donc la nécessité de tenir compte de notre façon de percevoir les choses.

Je me souviens clairement de ce que je traversais durant ces quelques mois de l'année 1999. Une période de nuits blanches et de douloureux triturages de méninges. La période où je décidai intérieurement de sortir du flou et de m'attaquer frontalement, méthodiquement, brutalement à l'histoire de l'humanité vue par les Témoins de Jéhovah.

Selon une lecture littérale de la Bible, l'histoire humaine commence il y a environ six mille ans, avec Adam et Ève. Mais ce n'est qu'un faux départ de l'expansion démographique, car approximativement deux mille ans plus tard la population mondiale est réduite à huit personnes lors du déluge et de la fameuse histoire de l'arche de Noé. Toute l'aventure de la vie sur terre réduite à six mille ou quatre mille ans. Les chroniques babyloniennes, assyriennes, égyptiennes qui enfoncent allègrement cette borne temporelle ? Erronées forcément. Fruits d'erreurs de notations et de l'orgueil de ces peuples qui avaient une vision hypertrophiée de leur origine et de leur histoire. Ne parlons évidemment pas de la théorie de l'évolution, des dinosaures (auraient-ils disparu lors du déluge ?) et des premiers hominidés. Produits d'erreurs techniques (« la datation au carbone 14 vous savez, c'est pas si précis… ») et de la volonté arrogante et/ou malhonnête des élites humaines de se débarrasser de Dieu. De toute façon, puisque la Bible a raison, tout ce qui la contredit est faux, c'est simple.

Je ne parvenais plus à maintenir artificiellement le compromis entre mes loyautés filiale, familiale et amicale et ma recherche d'explications satisfaisantes. Un événement insolite et en apparence anodin allait porter un coup de boutoir supplémentaire à ce compromis.

Le petit poisson

C'était par un bel après-midi d'été, un dimanche. Nous avions décidé de pique-niquer et passer la journée au bord d'un lac avec des frères et sœurs. Barbecue, badminton, baignade…, nous partagions les activités classiques de n'importe quel groupe d'amis au bord de l'eau. Je repérai à un moment les petits poissons qui nageaient en bordure du lac et je décidai de m'installer patiemment avec un seau pour en attraper un.

Il me fallut un petit peu de temps pour réduire le périmètre dans lequel se trouvaient plusieurs poissons. Quelques mouvements stratégiques plus tard, il n'en restait plus qu'un dans un espace très limité. Qui finalement se retrouva dans mon seau.

J'allai exposer mon trophée à la table où se trouvait mon père en discussion avec un petit groupe de personnes. Le poisson choisit le moment où le seau était tendu à mon père pour tenter de se projeter en dehors. Mon père, dans un mouvement apeuré, sursauta plus vivement que le petit animal que j'avais capturé.

Mon père avait eu peur. MON PÈRE AVAIT EU PEUR. Je n'avais jamais vu mon père avoir une réaction instinctive de peur. Je n'avais quasiment jamais vu mon père avoir une réaction instinctive tout court d'ailleurs.

C'était un tout petit être vivant qui l'avait effrayé. C'était la vie qui l'avait effrayé. Les idées défilèrent à toute vitesse dans ma tête. Des flashs de souvenirs, de microséquences que je relisais brusquement d'une façon totalement différente à la lumière de ce que je venais d'observer.

Mon père était à coup sûr redoutablement fort pour comprendre les lois physiques, mécaniques et techniques qui régissent l'univers. Il était capable de programmer des ordinateurs très puissants qui allaient passer des nuits à réaliser des myriades de calculs. Il aurait certainement été capable de traduire en équations la translation entre le mouvement musculaire par lequel le poisson s'était propulsé et la hauteur du saut. Mais tenir les écailles gluantes dans sa main pour ressentir le frétillement de cette petite forme de vie, il ne savait pas, ne pouvait pas le faire.

Comme s'il n'avait qu'une connaissance théorique des aspects organiques, biologiques de la vie. Je ne l'avais connu que citadin, et les seules images que j'avais du rapport de mon père à la nature correspondaient aux moments passés à la mer ou lors de quelques promenades en forêt ou en montagne. Mais aucun souvenir de mon père en train de s'occuper d'animaux ou d'avoir les mains dans la terre. Aucun souvenir de ce contact brut, charnel, primal au cœur battant de la vie.

L'ingénieur dans toute sa splendeur. Et la recherche de la pureté de raisonnement et de fonctionnement qui le caractérise. Mais pour créer ce qui se rapproche le plus de la pureté sur cette terre, il faut aller dans des laboratoires. Dans des salles blanches qui vont être aseptisées, coupées du monde, vides. Des salles blanches dans lesquelles on ne peut rentrer qu'en uniforme stérilisé, pour surtout n'amener aucune particule de l'extérieur. Ne serait-ce que la moindre expiration d'une bouffée d'air extérieur anéantirait tous les efforts qui permettent de maintenir cette toute petite pièce, cette toute petite cellule sans vie réelle.

Cela n'avait été qu'un petit tressautement, mais il avait suffi à faire tomber mon père de son piédestal. Comme n'importe quel être humain, il avait ses failles, ses fragilités, ses peurs. Et ni sa formation scientifique, ni la personnalité qu'il s'était construite ni sa foi ne l'avaient préservé de la vulnérabilité humaine.

Ainsi, un à un s'étaient écroulés tous les piliers qui étaient supposés étayer la personnalité que je m'étais construite, ou plutôt la personnalité qu'on s'attendait à ce que je me construise. Évidemment les différentes anecdotes mentionnées ci-dessous n'expliquent pas uniquement par elles-mêmes l'érosion continue qui a agi en moi pendant tant d'années. Elles sont simplement les illustrations marquantes des mécanismes qui étaient à l'œuvre dans ma construction intérieure.

Le dernier des piliers qui devait tomber concernait certainement l'image de fraternité, d'amour et de loyauté que j'avais attachée à la communauté des frères et sœurs. Et là encore un petit évènement symbolise bien la façon dont l'illusion a volé en éclats.

Il se produisit lors de ma deuxième année d'IUT que j'effectuais en alternance entre Valence et Annecy. Je passais les mois en entreprise à Annecy et les mois de cours à Valence, d'un côté comme de l'autre en logeant dans des familles Témoins de Jéhovah.

Un midi alors que j'avais eu besoin de rentrer entre les cours du matin et ceux de l'après-midi, j'arrivai alors qu'une partie de la famille qui m'accueillait était à table avec une dame que je ne connaissais pas. Je crois que je n'avais même pas eu le temps de saluer tout le monde qu'elle me cueillit avec cette phrase qui me déstabilisa : « Derrière ton apparence de calme se cache une grande tension ».

Comment pouvait-elle savoir ? Comment avait-elle pu me scanner en quelques secondes et percer à jour ce que personne n'avait jamais exprimé ? Il était arrivé une fois, quelques années auparavant, qu'un médecin prenne mon pouls et me dise avec un grand étonnement « vous avez un incroyable contrôle sur vous-même ».

Mais là, nous étions à distance, elle ne m'avait observé que quelques minutes et j'étais pourtant certain d'avoir gardé mon armure de sérénité et de détente feintes sur moi. Alors être lu comme un livre ouvert de cette façon était à la fois redoutablement fascinant et inquiétant.

Il fallait que j'en apprenne plus sur cette femme dont le regard plongeait au-delà du visible vers les profondeurs de l'âme humaine. Je m'installai donc à table pour partager le repas avec eux et participer aux discussions.

J'appris alors qu'il s'agissait d'une sœur qui venait de la région parisienne et qui utilisait ses connaissances du corps, de l'esprit et des émotions pour soigner. Je n'ai pas réellement su si elle avait un quelconque diplôme ou si elle pratiquait son activité dans un cadre professionnel, mais pour moi, si elle se trouvait à la table de cette famille en qui j'avais toute confiance et qu'elle avait été capable de m'offrir un échantillon de sa science avec autant de facilité, c'est qu'elle avait forcément une grande compétence.

Par chance, elle avait un créneau libre pour une consultation l'après-midi même et je décidai donc de tenter l'expérience. Son discours était comme une pommade sur la plaie à vif de ma foi torturée. Dans un mélange d'expérience humaine, de référence à la croyance en Dieu et de connaissances anatomico-médicales plus ou moins avancées et avérées, elle m'expliqua que si l'humain devait la vie à un créateur, alors forcément ce créateur avait tout prévu pour que l'être humain dans sa globalité puisse se régénérer et se soigner lui-même. Il suffisait donc d'observer les mouvements, les expressions et les douleurs du corps pour comprendre d'où pouvaient venir les problèmes éventuels et les résoudre.

De prime abord, ses explications étaient suffisamment scientifiques pour satisfaire mon besoin de logique, suffisamment spirituelles pour me permettre de me raccrocher à mon espoir que l'homme soit plus qu'un simple animal et suffisamment biologiques pour convenir à la partie de moi qui voulait que la vie soit comme une symphonie pour laquelle il existait forcément une partition idéale et cohérente.

Évidemment, il n'y avait pas de tarif fixé pour les séances. Elle ne faisait que partager avec amour fraternel ses connaissances sur la façon merveilleuse dont Dieu nous a conçus, elle laissait donc à ses frères et sœurs le choix de montrer financièrement leur reconnaissance pour le génie divin et accessoirement pour ses modestes compétences à elle…

Il fallait que ma mère rencontre cette sœur. Je ne savais pas grand-chose de l'état de santé de ma mère, à part qu'elle avait parfois rendez-vous chez des médecins, et autant que possible chez des spécialistes de médecines douces. Je savais au moins qu'elle avait parfois des douleurs à la nuque et dans le bras.

Je devais être tellement convaincu des bienfaits que pouvaient apporter les connaissances de cette personne que je sus être persuasif en parlant à ma mère au téléphone. Si bien qu'il fut convenu que la sœur allait faire la route de Valence à Grenoble pour être invitée à la maison un midi et prévoir des séances pour ma mère et pour les quelques personnes qu'elle aurait conviées. J'étais ravi de pouvoir faire bénéficier ma famille de cette opportunité. Mais mon enthousiasme allait être douché.

Ce n'est pas ma mère qui m'appela en fin de journée pour me faire le compte rendu des séances, mais mon père. À la façon dont Georges, le père de la famille chez qui je logeais (qui était également ancien) me passa le téléphone après avoir lui-même conversé un long moment en ligne, je sentis bien que le charme n'avait pas agi à Grenoble comme il avait pu agir à Valence.

Les talents de la rebouteuse n'avaient clairement pas été du goût de l'ingénieur. Il avait une colère qui était dirigée contre celle qu'il appelait « cette femme » mais son ton et ses mots en me parlant était très apaisés, comme s'il m'était reconnaissant de lui avoir permis d'être mêlé à cette histoire pour faire le ménage.

En quelques heures de cet après-midi, mon père avait mené une enquête méthodique et implacable, et je fus stupéfait des conclusions qu'il m'exposa. Après son passage à la maison, mon père avait eu « cette femme » au téléphone pour lui dire tout le mal qu'il pensait de son activité et de ses agissements. Chose absolument inédite pour moi, il l'avait vouvoyée comme une personne « du monde », ainsi que sont décrits les gens qui ne font pas partie de la communauté, bien que ce soit une sœur baptisée ! C'était le signe ultime du rejet.

Il avait remonté le fil des différents foyers par lesquels elle était passé avant d'arriver à la maison et les avait contactés pour indiquer qu'il ne cautionnait en aucune manière la pratique de cette personne. Il s'avéra qu'elle avait été cooptée et recommandée de maison en maison sans que personne ne la connaisse réellement. « Si c'est une sœur et qu'elle a été invitée chez tel et tel ancien, c'est forcément qu'elle a très bonne réputation et qu'elle est totalement fiable ».

Pour mon père, son petit business relevait à la fois du charlatanisme et de l'escroquerie. La famille des frères et sœurs représentait une taille de clientèle idéale, le parrainage par le foyer précédemment visité était le plus puissant des arguments marketing et la contribution facultative et sans montant défini permettait certainement d'atteindre pour chaque séance un montant à faire pâlir n'importe quel médecin spécialiste non-conventionné.

Avec sa détermination et son énergie, mon père venait de briser la chaîne. Ou il l'avait en tout cas rendue inutilisable dans un certain périmètre du sud-est de la France. Sa répulsion viscérale envers l'injustice et l'exploitation et la manipulation des moins avertis avait encore parlé.

En raccrochant le téléphone, j'étais partagé entre différents sentiments. J'avais l'impression d'avoir été trahi par une sœur, qui était largement en âge d'être ma tante. Et je découvrais donc que le fait d'avoir reçu son visa pour faire partie du peuple de Dieu n'était pas en soi un gage de probité et d'honnêteté totales et définitives. J'avais aussi un sentiment de revanche en me disant que ma crédulité abusée avait été l'instrument grâce auquel la justice avait été rétablie.

Dans une réaction très manichéenne j'avais fait basculer cette dame d'une vision de bienfaitrice à celle d'un personnage malfaisant. Il est révélateur que je sois aujourd'hui beaucoup plus nuancé dans ma perception de cet épisode. Évidemment, cette personne gagnait sa vie, ou arrondissait ses fins de moins, je ne sais pas, grâce à de l'argent que lui donnaient ses frères et sœurs spirituels. Mais peut-être utilisait-elle finalement ces savoirs ancestraux, ces transmissions de génération en génération qui ne sont pas académiques et qu'on n'enseigne pas à l'université mais qui font partie de la construction de l'humanité. Des connaissances, des intuitions, des aptitudes qu'il faut certainement accueillir avec autant de vigilance que de curiosité.

Cet épisode boucla d'une certaine façon le cercle des évènements qui avaient érodé l'univers de croyances que j'avais pris pour acquis en grandissant. L'humain, le monde, la vie étaient bien plus complexes qu'on avait voulu me le faire croire et les utopies qui fondent le corpus idéologique des mouvements apocalyptiques finissaient pour moi en une cruelle désillusion. Le cocon qui entourait la nymphe éclatait, peut-être était-il temps de devenir un papillon.

Chapitre 3

Âge adulte ?

Crise de foi

C'est un petit papier qui matérialisa le début du tournant concret dans ma vie. Lors des rassemblements de semaine étaient distribués les petits feuillets par lesquels les inscrits à l'Ecole du Ministère Théocratique se voyaient affecter une participation à une prochaine réunion.

Jusque-là, j'avais uniquement reçu les feuillets pour les courts sujets qui correspondaient en somme à des devoirs à faire par des élèves. C'était par exemple sur cinq minutes la lecture commentée d'une portion de la Bible.

Cette fois, c'était différent. On m'attribuait le « discours d'instruction ». On me proposait de passer du côté des enseignants.

Le moment était venu, il fallait que cela cesse. Je ne pouvais plus supporter ce clivage permanent que rien n'arrivait plus à anesthésier. Il fallait que je parle.

C'était un dimanche après-midi et j'étais assis sur mon lit dans ma chambre, pétrifié par le bouleversement immense que j'étais sur le point de provoquer. Puis je me levai, tournai dans la pièce, allai à la fenêtre. J'écoutais le calme de la maison ce jour-là. Mon père, à l'étage également, en train de travailler dans la chambre voisine. L'un de mes frères en train de jouer de la guitare et l'autre en train de faire ses devoirs. Ma mère s'affairait en bas dans la cuisine. Un foyer ronronnant tranquillement dans sa routine, avec une famille dont personne ne soupçonnait le séisme qui était sur le point de se produire.

À part moi évidemment. Mon père avait une expression favorite pour désigner la famille : un « havre de paix ». Il nous expliquait souvent que les tensions du travail, les tracas quotidiens, les problèmes éventuels de la congrégation n'étaient rien d'insurmontable pour autant que la maison soit le havre dans lequel chacun pouvait trouver la sécurité et la paix. Revendiquer ma liberté et mon identité supposait malheureusement de briser cette image idéale.

C'est dur de faire exploser une bombe dans un environnement paisible. Et c'est moi qui avais le doigt sur détonateur. 4, 3, 2, 1,… « Papa, il faut que je te parle ». C'est fini. Plus de marche arrière. La bombe a explosé en une seconde.

Une seconde. Ce n'est rien une seconde. Tellement rien qu'à peine le temps de la repérer sur le cadran d'une montre et elle a déjà disparu. Ça ne dure rien une seconde mais ça peut peser lourd, tellement lourd.

Forcément nous l'avons tous connu, nous le connaissons tous, cet infime éclair de temps dont on sait qu'il fracture notre vie en un avant et un après.

La seconde où, après tant d'hésitations, vous avez d'un doigt fébrile appuyé sur la touche « entrée » de votre clavier, envoyant ce mail qui aura fatalement l'effet d'une déflagration.

Pour les personnes qui comme moi ont connu une autre époque, c'est la seconde où après avoir laissé un instant l'enveloppe en équilibre sur l'ouverture de la boîte aux lettres, vous avez donné la pichenette qui a projeté votre courrier vers un tourbillon de conséquences.

La seconde où pour éviter les publicités, changer la chanson qui passait ou monter le volume vous aviez quitté la route des yeux. Juste un instant, qui aurait dû rester insignifiant mais qui s'est mis à vous poursuivre de son interrogation mordante. « Juste un instant avant, tout allait bien. Mais putain pourquoi j'ai voulu changer de station ? ?'

La seconde où, face à votre expression de visage sidérée, le médecin a lâché ce mot hideux, ce mot qui quelle que soit l'issue dévaste une partie de vous.

Il a également fallu à peine une seconde pour que sur l'écran de téléphone de la personne qui partageait votre vie apparaisse ce nom ou cette indication de message. Ce n'était qu'une infime parcelle de temps, rien d'autre que quelques minuscules pointes de lumières qui sont venues éclairer un écran noir, mais instantanément, presque intuitivement, vous avez su que votre vie allait être bouleversée.

Mais c'est dans cette même seconde que vos yeux qui balayaient la liste sont tombés sur votre nom, vous transformant en un clin d'œil du candidat angoissé au diplômé, au lauréat, au nominé.

Des années de recherches, de nuits sans sommeil, d'acharnement, aboutissent finalement à cette poussière de temps qui dépose le dernier chiffre de l'équation résolue ou le résultat tant espéré de cette expérimentation médicale.

« Papa, il faut que je te parle ». Mon père leva les yeux vers moi et je suppose que l'expression de mon visage traduisait toutes les émotions qui me transperçaient. À sa façon de le voir, dans un geste lent et appliqué, fermer son ordinateur portable tout en me répondant de sa voix calme et préoccupée « bien sûr », il était clair qu'il se passait quelque chose de grave.

– Papa, si je n'ai pas pu donner ce discours à la salle, ce n'est pas parce que je n'avais pas le temps de le préparer.

– Je savais qu'il y avait autre chose quand tu m'as dit que tu ne pourrais pas le faire, me répondit-il toujours sur un ton calme.

C'était douloureux de le voir dans une écoute tellement attentive, accueillante, bienveillante mais déjà presque désespérée.

Les mots que je devais prononcer allaient simplement exprimer des réflexions mûries au fil des années qui avaient forgé mon vrai « moi ». Je connaissais ce moi. Mais pour mon père, c'était plus de vingt ans d'illusions qui allaient s'effondrer en un instant entraînant une tristesse et une souffrance immenses. Mon père méritait-il cela ? Ma mère, mes frères le méritaient-ils ? Mais moi méritais-je de devoir endurer tellement d'épreuves pour devenir ce que j'étais, comme l'aurait dit Nietzsche ?

– La vérité, Papa, c'est que je ne partage pas votre foi. J'ai tout essayé pour la faire grandir, pour la renforcer, mais je n'y arrive pas.

Et je lui décrivis donc longuement l'impossible bataille qui avait été la mienne pendant toutes ces années. Les heures passées à lire les publications, à assister à des réunions en Français, en Anglais, en Italien – peut-être une autre langue déclencherait-elle l'étincelle ? – à discuter et débattre avec des frères et sœurs d'origines, de cultures et d'histoires de vie différentes. Mais rien n'y avait fait. J'avais tenté de construire un château avec du sable sec. Et tant que cela n'avait concerné que moi, j'avais été capable de remonter sans cesse des poignées de sable sur un misérable tas de foi et de les voir se répandre aussitôt sur le sol.

Mais là, on me demandait d'entrer dans une autre dimension. On me demandait de prendre la responsabilité de construire chez les autres la foi qui n'existait pas en moi. D'enseigner avec conviction une vérité qui n'était à mes yeux que balivernes. Pousser si loin le grand écart entre mon for intérieur et l'apparence que je donnais était au-delà de mes forces. J'en étais simplement incapable. Alors je déposais les armes. Je mettais fin à cette course contre moi-même dont je ne pouvais pas sortir vainqueur.

Je passai un long moment à expliquer à mon père toutes les incohérences que j'avais pu repérer dans la Bible et toutes les croyances qui me semblaient tellement éloignées des réalités que je pouvais observer.

Mon père essaya bien de partager les arguments qui pour lui répondaient à mes attaques contre les enseignements des Témoins de Jéhovah, mais son visage tendu de fatigue me disait qu'il savait que les efforts étaient vains.

Une fois notre discussion terminée, restait à faire la même annonce à ma mère. Mon père me précéda dans l'escalier et c'est lui qui prit la parole pour décrire la situation à ma mère. L'émotion de cet après-midi était tellement forte pour moi que je ne me souviens pas de la plupart des choses qui ont été dites.

Mais je me souviens des yeux perdus de ma mère en entendant mon père. « Je ne comprends pas… Qu'est-ce ça veut dire ne pas partager notre foi ? » La panique, la tristesse, la douleur plongèrent quelques instants ma mère dans un état de sidération. Et mon père la prit dans ses bras en laissant échapper un sanglot qui trahit la profondeur de ses tourments.

Pour quelle triste raison ai-je eu l'impression qu'une fois que mes parents avaient été informés il ne restait plus d'enjeu ? Pourquoi me semblait-il que le dire à mes frères tenait d'une simple formalité sans conséquence ? Certainement parce que, comme j'avais pu me l'imaginer, mes frères surent rester impassibles lorsque je les informai de mes pensées, de mes ressentis, de ma décision. Impassibles, comme un Hanna sait l'être. Moi moins que les autres, mon armure montrant plus de failles que les leurs.

Ce soir-là, juste avant d'aller se coucher, mon père, peinant à contenir ses émotions, m'implora : « ne fais pas de mal à ta vie ». Tout mon père dans cette phrase. Une capacité à peser les mots, à ciseler une phrase même dans un moment d'extrême tension. Son amour paternel remontait fendre la cuirasse de sa maîtrise de soi.

Il était terrorisé à l'idée que je me suicide ! Comment cette crainte pouvait-elle être si nette dans son esprit ? Combien avait-il vu de jeunes tâtonner pour trouver la sortie de l'enclos de Dieu, s'épuiser et voir comme seule issue le suicide ?

C'est une nouvelle vie qui commença le lendemain. La tornade d'émotions s'était calmée, restait la froide conscience de toutes les implications de ma prise de position.

Quelque chose s'était cassé en mon père, irrémédiablement. Sa vie n'allait plus jamais être la même à partir de ce jour. Ni dans l'image qu'il s'en faisait, ni dans son organisation au quotidien. Lui qui avait l'habitude de regarder le journal télévisé le soir puis éventuellement un film ou un programme commença à se retrancher dans sa chambre dès la fin du repas. Noyant sa blessure dans le travail ou dans l'étude.

Techniquement, je n'étais pas encore « dehors », puisqu'il faut un péché ou une déclaration de retrait pour être considéré comme ne faisant plus partie de la communauté. Et je n'en étais pas à ce stade.

Mais mon père savait que mon esprit et mon cœur avaient coupé les ponts et que le reste n'était qu'une question de temps ou d'opportunités. Alors les quelques jours qui suivirent furent des jours de discussions à cœur ouvert. Aussi sincères, aussi profonds, aussi beaux que les échanges que vous pouvez avoir avec une personne quand vous savez que vous allez ensuite vous perdre à tout jamais.

Quelques jours de franchise d'âme entre un père et son fils, quelques jours de véritable partage. Avant que le glacial rideau des postures ne tombe entre nous.

Je me retrouvai alors dans une situation insolite, qui a pu me sembler confortable mais qui était en réalité un terrible piège. Officiellement Témoin de Jéhovah mais m'étant dégagé de toutes responsabilités et de toutes activités, j'étais comme dans un sas transitoire entre la communauté et le monde extérieur. En rupture avec les croyances, mais partageant la plupart des valeurs. Et pensant pouvoir distinguer, dans chaque « frère » et « sœur », la partie adepte, dont je m'éloignais, et la partie ami(e) dont je me sentais proche. Dans le vocabulaire de l'Organisation, je devenais un « inactif » ou un « refroidi ».

La logique aurait voulu que j'assume jusqu'au bout mes convictions nouvellement affichées en sortant nettement et complètement de ce peuple qui m'avait vu naître mais auquel je n'appartenais pas. Mais je n'en fus pas capable et je fis donc le choix, ou le non-choix, de rester dans ce no-man's land. Mais on ne vit pas dans un no man's land. On s'y brûle. Et c'est ce que j'allais devoir découvrir.

L'amour : acte II

Quelque part autour de mon week-end de « coming-out spirituel » intervint une rencontre dont l'impact allait bouleverser ma vie. Après l'obtention de mon DUT, je décidai de poursuivre mes études dans un domaine qui me passionnait, les langues étrangères, et l'Anglais en premier lieu.

Une validation d'acquis en Anglais et en Italien me permit d'intégrer directement la deuxième année d'université en Langues Étrangères Appliquées.

Le premier jour de cours en amphi fut une journée de stress et d'excitation. Je ne connaissais pas l'univers de la fac et je ne savais absolument pas comment ma validation d'acquis me permettrait de me situer en termes de niveau de langue par rapport aux autres, surtout en Italien, puisque j'avais appris cette langue par moi-même au moyen d'une méthode « 15 minutes par jour pour apprendre l'italien ». J'étais peut-être complètement inconscient d'imaginer que cela avait suffi pour être à la hauteur des attentes universitaires.

J'étais en train de ruminer ces interrogations en rejoignant une place libre au milieu de l'amphi quand vint s'installer dans la rangée juste devant moi, à une place d'écart, cette fille que je connaissais, c'était certain. Mais d'où ? Pas de l'IUT parce que la promotion en alternance à laquelle j'avais appartenu ne comptait que dix-huit membres. Donc c'était certainement du lycée.

Bille en tête, je lui posai la question sans autre entrée en matière, tellement sûr de mon fait : « tu étais à Pablo Neruda, c'est ça ?'

Surprise d'être interpellée de cette façon de bon matin alors qu'elle n'avait même pas encore enlevé sa veste ni posé son sac, elle fit mine de tomber à la renverse, écarquillant des yeux amusés et faisant de petits moulinets avec les mains comme si elle cherchait à retrouver son équilibre.

Non pas du tout, elle n'avait pas fréquenté le lycée Pablo Neruda, et sa famille habitait dans le Nord-Isère, il n'y avait donc aucune raison pour qu'on se soit déjà rencontrés.

« Quel con ! », pensai-je, « tu viens de jouer le gros lourdaud qui tente un "on se connaît ?" comme drague à deux balles ! » Je m'assis tout penaud en me disant que pourtant ce beau visage me disait vraiment quelque chose…

Les contrastes que je percevais en elle me fascinaient. Elle alliait une grande classe à une apparente décontraction, un air à la fois sûre d'elle et vulnérable, pétillante et discrète. Elle résuma un jour tous les contrastes qu'elle m'inspirait par une phrase qu'elle portait comme un étendard : « Je revendique mon droit à la contradiction ». Bref, elle m'avait tapé dans l'œil. Et tapé fort. Elle s'appelait Jade.

Mon intervention tonitruante de départ auprès d'elle était donc à côté de la plaque, mais elle avait brisé la glace entre nous, façon bulldozer. Comment aurais-je pu imaginer que ce lien créé de façon insolite allait prendre tant de force et impacter ma vie de façon si profonde ?

Je répétai avec Jade la même erreur qu'avec Sandra, des années auparavant, dans la période collège/lycée. De façon inconsciente je partis du principe que nous étions tellement différents que laisser s'enraciner une profonde intimité entre nous pouvait n'avoir aucune incidence concrète sur mon existence.

L'illusion des deux mondes qui ne peuvent rentrer en contact, encore une fois. Des différences qui créent une frontière infranchissable. C'est en cumulant tous les excès qu'elle trouvait son équilibre, et moi mon seul excès, marqué par l'esprit de mesure chrétien, était un excès d'équilibre. Ce qui est peut-être le pire des déséquilibres.

Les semaines, les mois nous rapprochèrent irrésistiblement. Nous étions binômes pour tous les travaux à faire à plusieurs, toujours ensemble dans les couloirs de la fac, inséparables tant que nous étions sur le campus. Mais sans aucun contact en dehors. Je ne m'autorisai pas d'incursion hors du no man's land, puisque je pensais ne pas avoir de place ailleurs. Et je m'imaginais n'être rien d'autre qu'une amitié universitaire pour Jade. Précisons que les téléphones portables restaient peu répandus à l'époque, ce qui enlevait la possibilité du contact permanent.

J'étais aveugle aux indices qui indiquaient que la réalité était toute autre. Pourtant, ils s'accumulaient et devenaient de plus en plus flagrants, mais le reconnaître aurait supposé des implications tellement lourdes que mon cerveau préférait les laisser dans l'angle mort.

Ce n'est que plus tard, en me repassant le film de notre histoire, que je réalisai à quel point les pièces du puzzle avaient été évidentes.

Il y avait eu la fois où elle m'avait demandé ce que je regardais en premier chez une fille. À ma réponse « ses mains », elle avait brusquement mis les siennes dans son dos, parce que l'un de ses ongles était abîmé.

Ou encore le soir du restaurant où nous avions prévu un repas en groupe pour fêter la fin de l'année et parce que je partais faire un stage de trois mois en Californie dès le début des vacances. Au moment de se dire au revoir et après avoir fait le tour du groupe, je fis la bise à Jade. « Tu sais que c'est la première fois qu'on se fait la bise », me dit-elle, avec une expression qui montrait qu'elle y prêtait attention. Je feignis de ne pas l'avoir remarqué, mais évidemment que je le savais. Nous avions pris l'habitude de n'avoir aucune marque de salutation le matin, considérant peut-être inconsciemment que les conventions sociales sont réservées aux personnes qui ne sont pas assez proches.

Après plusieurs semaines passées à Los Angeles, je reçus un mail incendiaire de sa part. Elle me demandait comment j'avais pu ne répondre à aucune des lettres qu'elle m'avait envoyées depuis mon départ et ne donner aucune nouvelle. L'explication était simple, je n'en avais reçu aucune. Au fond de moi, je remerciai le problème de courrier qui m'avait valu ce mail. Elle était vexée, en colère, peut-être blessée. Donc j'avais de l'importance à ses yeux. Cadeau. Le contact mail était créé et se poursuivit tout au long de mon séjour californien.

J'avais imaginé pendant un temps que cette aventure hollywoodienne me permettrait de marquer ma rupture philosophique et intellectuelle avec les Témoins de Jéhovah et serait l'occasion de concrétiser cette rupture dans ma vie de tous les jours.

Mais mon rêve américain se heurta à la dure réalité de ce pays. Depuis tout petit je projetais une image idéale des États-Unis. Un pays gigantesque et tellement varié que j'imaginais être une terre de progrès, d'enthousiasme, de dépassement de toutes les limites. Une terre sur laquelle toutes les personnes déterminées ne pouvaient que trouver l'épanouissement et une forme de bonheur.

L'atterrissage fut rude. Je découvris une autre facette de ce pays. Son côté brutal, impitoyable par lequel les populations et les individus fragiles, ou en tout cas non conformes au standard idéal, ne peuvent être que malmenés ou broyés.

Quelle déception ! Ce que j'imaginais être le sommet de la civilisation était tout aussi pétri d'incohérences, de dérives ou de stupidité que n'importe quelle autre partie de la planète.

Cette cruelle déception se doubla d'une autre violente prise de conscience à une échelle plus globale. J'avais apporté dans mes bagages un livre que m'avait conseillé un ami de la congrégation de mes parents. Un jeune qui était venu faire ses études d'ingénieur à Grenoble et qui avait des façons de penser, de parler et d'agir en complet décalage avec le formatage jéhoviste, ce qui ne l'empêchait pas de s'y sentir complètement à l'aise.

Ce livre qui avait éveillé ma curiosité, c'était *La faim du tigre*, de René Barjavel, auteur que j'avais découvert des années auparavant par ses romans *La nuit des temps* ou encore *Ravage*. Mon souvenir de lectures de petit garçon ne m'avait pas préparé à la gifle qu'allait me mettre son autre ouvrage qui m'accompagnait.

Selon ma perception de l'époque, *La faim du tigre* présentait une vision froide, sans concession, impitoyable de la vie et du monde. La quatrième de couverture plante l'ambiance en présentant le livre :

> « *L'homme se trouve devant deux destins possibles : périr dans son berceau, de sa propre main, de son propre génie, de sa propre stupidité, ou s'élancer, pour l'éternité du temps, vers l'infini de l'espace, et y répandre la vie délivrée de la nécessité de l'assassinat. Le choix est pour demain. Il est peut-être déjà fait.* »

Une amie Témoin de Jéhovah s'était arrangée pour se retrouver pour des vacances à Los Angeles en même temps que moi. Elle s'était même débrouillée pour être dans le même vol de départ que moi. Je n'avais pas compris à l'époque qu'autant de coïncidences ne devaient rien au hasard…

Nous nous sommes vus quelquefois avec la famille qui l'accueillait, et je décidai à l'une de ces occasions de lui prêter le livre que je venais de finir. Elle me le rendit quelques jours après, n'ayant pas été capable d'aller plus loin que les premières pages. « Comment arrives-tu à lire ce genre de livre? », me demanda-t-elle.

Je faisais connaissance avec la vie, tout simplement. Et pendant un temps, je pensai que la suite de ma vie se ferait aux États-Unis. Comme s'il s'agissait d'une terre promise qui recelait les réponses à toutes mes aspirations, à tous mes désirs, à tous mes espoirs. Et comme si atteindre cette terre promise supposait forcément de se couper de mes origines.

« Il ne faut jamais oublier d'où l'on vient », me dit un jour la responsable du cabinet de traduction dans lequel je faisais mon stage. Je ne compris que bien plus tard à quel point elle avait raison, et à quel point cela était vrai pour moi à différents niveaux. Mes racines m'appartiennent, qu'elles soient belles ou laides, bénéfiques ou toxiques.

J'avais imaginé que changer de vie nécessitait une amputation de mon passé, mais j'allais devoir apprendre que ce n'est pas à coups de machette qu'on transforme son existence. On ne peut pas détruire ses repères et n'être plus rattaché à rien. On peut remplacer ses repères pour retrouver une nouvelle stabilité, pour infléchir le cours de sa vie.

Seul dans ce pays lointain qui, forcément, ne collait pas à l'idéal que je m'en étais forgé, coupé de ma famille à qui je pensais d'une certaine façon avoir dit adieu, rattrapé par les désillusions auxquelles nous ramène la condition humaine, je fus envahi par une impression d'être aspiré par le vide. Et j'eus donc le besoin de me raccrocher à une branche connue. Je repris donc contact avec des Témoins de Jéhovah californiens dont j'avais les coordonnées.

Je ne m'impliquai évidemment pas dans les activités de la congrégation, mais j'assistai à quelques réunions pour côtoyer ces gens qui même au bout du monde, me ressemblaient comme des frères et sœurs. Et je passai d'agréables moments à visiter les villes imposantes et les espaces naturels démesurés du Far-West.

Je reçus à mon retour en France, quelques semaines avant la rentrée en quatrième année, un nouvel indice de l'attachement que Jade avait pour moi. Un indice tellement évident qu'il m'a fallu un énorme effort inconscient pour l'ignorer.

C'était la fin du mois d'août, et Jade m'appela en ayant trouvé pour prétexte qu'elle devait me rendre, ou qu'elle avait besoin que je lui remette, un document quelconque.

Il était évident qu'il n'y avait aucune urgence et que le seul message qu'elle me transmettait était qu'elle avait envie de me revoir. Je pris intérieurement comme un cadeau cette marque de ses sentiments et je lui fis, avec l'air de ne pas comprendre, la réponse du parfait goujat : « ben du coup on se voit à la rentrée, tu me le donneras à ce moment-là ».

Elle répéta ma phrase à une amie qui était manifestement à côté d'elle pour lui donner la force d'aller au bout de son initiative. Il m'a dit : « on se voit à la rentrée. » Le ton de sa voix en rapportant ma réponse était un mélange d'incrédulité, d'incompréhension et d'humiliation. Elle m'expliqua un jour qu'elle avait cru pendant un temps que j'avais quelqu'un dans ma vie et que je le lui cachais.

Le fait d'entendre son désarroi blessé alors qu'elle s'adressait à son amie vint transpercer mon pitoyable mécanisme de défense qui me faisait ignorer tous les signaux qu'elle m'envoyait. Comment pouvais-je à ce point être dans une ambivalence ? Comprendre et ne pas comprendre ? Voir et ne pas voir ? Vouloir et ne pas vouloir ? Lâche réflexe de survie à la con.

Je lui proposai donc de la rejoindre en ville pour récupérer ou lui remettre le fameux document qui avait tant d'importance. Elle avait certainement imaginé que nous pourrions nous retrouver pour boire un verre, mais non, les retrouvailles furent plus que sobres. De mon fait, évidemment. Un point de rendez-vous devant un bâtiment connu, quelques mots pour prendre des nouvelles, l'échange de l'objet et ciao à bientôt.

Comme tout cela devait lui paraître incompréhensible ! Quel sens cela avait-il d'être à la fois si proches et si distants ? Jade était forcément très déstabilisée par cette relation qui ne répondait à aucune logique, à aucun déroulement normal. Que faire ? Que comprendre ? Comment se comporter ?

J'étais bien sûr tout aussi déstabilisé par la situation. C'était dans un sens plus simple pour moi puisque je connaissais les tenants et les aboutissants de notre histoire. Il est plus facile de supporter une douleur quand on en connaît la cause. Mais je me retrouvais obligé de sortir de ma zone de confort, de mon bunker froid et inhospitalier mais familier.

Sans en avoir aucune conscience Jade poussait à son comble l'écartèlement entre l'intraitable « je dois » et l'enthousiasmant « je veux ». Elle me mettait face à mes incohérences, mes contradictions et à la nécessité absolue de choisir et d'assumer sa vie.

Quelques mois plus tard, l'écartèlement atteignit son paroxysme. « On échappe à rien, pas même à ses fuites », dit Jean-Jacques Goldman dans sa chanson *On ira*. Et c'est exactement ce qui m'arriva. Tant d'années à louvoyer et à me cacher n'avaient fait rien d'autre que de reporter et rendre plus théâtral le moment où la vérité devrait éclater.

Nous partagions avec Jade les mêmes options de notre cursus universitaire. Toutes sauf une. Elle avait choisi le module Commerce International et moi Traduction Spécialisée. Pour rendre les travaux de version et de thème plus enrichissants, nous avions constitué des binômes spécifiquement pour cette option. Je travaillais donc en binôme avec Virginie.

Un matin, à l'heure de la pause d'un cours de tronc commun, Virginie se leva pour venir me remettre un texte que nous allions devoir travailler. Comme il y avait plusieurs personnes assises entre nous, elle le passa à Jade en nous disant « c'est un travail à rendre en binôme ». Jade ne put réprimer un mouvement de surprise. « On n'a pas de travail à rendre ! » répondit-elle en se tournant vers moi, interrogative. « Ah mais non, c'est pour mon autre binôme ! » lui précisai-je. « Je vais fumer », me dit-elle, clôturant l'épisode de façon abrupte.

Peut-être ai-je perçu sur le moment que ce qui venait de se passer n'était pas anodin. Mais même si c'est le cas, je ne mesurais pas la déflagration qui allait s'ensuivre. Cette prise de conscience de la possibilité que je puisse faire partie d'un autre binôme avait eu l'effet d'un électrochoc pour Jade.

La pause cigarette n'eut rien d'un moment de détente léger avant de replonger dans les cours. Ce fut un moment d'échanges avec ses copines sur ce qui venait de se passer, sur ce que cela lui faisait vivre et sur les initiatives à prendre pour forcer le destin. Déjà quelques jours auparavant, Jade avait discuté avec des amies à propos dc différents garçons qu'elles connaissaient toutes. Quand ces filles lui demandaient pourquoi elle ne sortait pas avec untel ou untel, elle répondait invariablement « oui, mais il n'est pas comme Ludovic ». L'une d'entre elle lui demanda alors : « mais en fait, pourquoi tu ne sors pas avec Ludovic ?? » « T'as dit quoi là ? », répondit Jade, comme si on lui présentait une idée tellement évidente qu'il était incroyable qu'elle n'ait pas surgi bien avant. Cette fois, sa décision était prise, elle allait agir. Avec détermination, comme toujours.

Cela se passa dès le lendemain de la découverte de la « rivale » de binôme. Pour une raison que je ne m'expliquais pas Jade était d'humeur particulièrement enjouée, survoltée, euphorique. Il ne fallut pas beaucoup attendre pour que je découvre cette raison. À la fin de la dernière heure de cours de cette matinée, elle se leva, déposa une lettre devant moi et sortit de la salle comme une flèche, en riant.

Je restai plusieurs secondes sans bouger, interdit, avec l'impression que mon sang brûlait dans mes veines. Il n'y avait pas de doute sur ce que contenait cette lettre. J'avais un jour utilisé, par un lapsus qui ne trompera personne, le mot « couple » au lieu de « binôme » pour nous désigner. Jade avait répété ce mot « couple » en me fixant d'un regard appuyé, comme si elle attendait que je développe une idée.

La perspective que j'avais esquissé dans ce lapsus se trouvait nécessairement dans cette enveloppe que je tenais entre mes mains. Je m'étais menti à moi-même en me convaincant que de toute façon elle ne pouvait pas envisager un autre type de relation avec moi.

Et maintenant le compte-à-rebours était lancé. Elle avait fait sa part, elle avait eu le courage de poser des mots et des sentiments sur du papier. Il ne lui restait plus qu'à attendre ma réponse. Chaque seconde qui passait sans réaction de ma part me paraissait écrasante.

Je ne suis même pas sûr d'avoir ouvert l'enveloppe dans la salle de classe. Tant que je n'avais pas parcouru les lignes du courrier, je pouvais rester dans mes rêveries amoureuses. Une fois arrivé en bas de la dernière page, une décision s'imposerait.

La lettre m'expliquait comment ses sentiments avaient grandi et évolué, qu'elle avait envie d'autre chose avec moi et que j'étais quelqu'un de tellement étrange qu'elle n'avait jamais su comment me le dire. Alors le seul moyen qu'elle avait trouvé était de me l'écrire.

C'était une magnifique catastrophe. Je me sentais au bord d'une falaise vers laquelle j'étais monté avec volonté et enthousiasme. Et maintenant, comme lorsqu'on décide de faire un saut à l'élastique, il fallait avoir le courage de se jeter dans le vide pour trouver la plus belle sensation de légèreté et de liberté.

J'étais pétrifié. J'avais déjà laissé un temps ridiculement long avant de répondre. Un délai qui ressemblait à un effondrement. Il fallait que je décroche mon téléphone, que je lui parle, qu'à mon tour je lui exprime les émotions et les pensées qui m'animaient.

La solution féerique était d'écouter mes sentiments, de courir vers elle. Mais je ne connaissais rien du monde de dehors, de son monde. J'en avais la connaissance qu'un poisson peut avoir de ce qui se passe en dehors de l'aquarium. Et cette ignorance allait fatalement apparaître au grand jour.

Cela aurait également signifié se projeter hors de l'aquarium, sans savoir que mon système respiratoire était également adapté pour l'extérieur. Parce qu'au moment où j'aurais pris la main que me tendait Jade, mon univers d'origine aurait disparu. J'aurais été banni immédiatement et implacablement par toute ma famille, toutes les personnes qui peuplaient cet univers.

Au-delà de l'aspect relationnel, cela revenait également à être expulsé d'un environnement dont je maîtrisais tous les codes, dont j'avais intégré les repères presque comme s'ils faisaient partie de moi. Et dans ce cadre de référence, céder à l'amour hors du cadre biblique, c'était le péché impardonnable. Devenir pécheur, un comble pour un poisson…

La deuxième option de l'alternative était tout aussi insupportable. Repousser Jade pour préserver mon équilibre, pour ne pas plonger vers l'inconnu. Et avoir la terrible impression d'avoir mobilisé une énergie et une détermination colossales pour construire une maison pour finalement la détruire à coups de masse au moment où elle était quasiment terminée.

Le saut dans le vide était trop vertigineux, je n'en étais pas encore capable. Alors la mort dans l'âme je décrochai mon téléphone pour prononcer ma condamnation, notre condamnation. Mon cerveau a fait beaucoup d'efforts pour effacer de ma mémoire les phrases de notre échange. Une seule est restée gravée de façon indélébile. « Tu ne sais pas qui je suis, il y a une grande partie de ma vie que tu ne connais pas ».

La honte, la tristesse, le dégoût tordaient mon ventre pendant que ces mots sortaient de ma bouche. Le double jeu, ou double-je, que j'avais élaboré depuis mon enfance volait en éclats. L'accommodement que je pensais avoir négocié avec la vie était arrivé à échéance.

Au plus profond d'elle-même, comment Jade a-t-elle reçu mon explication surréaliste ? Elle avait tellement cru en moi, elle s'était tellement projetée dans une vie avec moi, et j'avais tellement tout fait pour qu'elle se projette dans cette vie avec moi. En étant en même temps convaincu pour ma part que ce couple n'appartenait qu'à un monde imaginaire et que je pouvais donc alimenter ce fantasme sans problème puisqu'il ne viendrait jamais me chercher dans la réalité.

Mais voilà, il était venu me chercher dans la réalité. Jade était venue me chercher dans la réalité. Et quand, après tant de temps et de réflexion elle a trouvé le courage de me dire qu'elle voulait plus de nous, plus pour nous, je me suis dérobé piteusement.

En raccrochant le téléphone, j'étais décomposé. Poursuivre un rêve inaccessible et ne jamais l'atteindre, c'est une chose. Mais quand ce rêve est sur le point de se matérialiser à la seule condition d'y croire suffisamment et d'être capable de le saisir et que vous ne vous révélez pas capable de l'accueillir, la désillusion est doublement destructrice.

Je ne sais plus quels ont été nos mots et nos attitudes lorsque nous nous sommes retrouvés pour la première fois après la discussion téléphonique. D'une certaine façon, nous avons continué comme avant la lettre. Mais pour Jade, il y avait une blessure, une désillusion et un sentiment d'absurdité totale.

La grande différence entre nous deux, c'est qu'elle restait la même, alors que moi, j'allais devenir quelqu'un d'autre. Le mystère qui m'entourait et pour une part faisait mon charme était à présent dissipé et laissait place à une réalité peu reluisante. S'il devait y avoir une seule conséquence utile de toute cette histoire, c'était bien celle-là. Par la force des choses, je pouvais cesser d'être un personnage énigmatique pour ne devenir que moi.

Le corollaire de ce dévoilement était que j'allais devoir expliquer bien des choses. Je devais au moins ça à Jade. Lui permettre de comprendre, pour autant que c'était possible, quel étrange cheminement avait pu aboutir à ce coup du sort aberrant. Les questions, les raisonnements que j'avais passé ma vie à analyser en mon for intérieur, à retourner dans mon cerveau et auxquels je m'étais donc accoutumés aller maintenant passer au crible d'un œil extérieur.

Intellectuellement, elle comprenait mon histoire. Qui sont les Témoins de Jéhovah, quelle est leur histoire, quelles sont leurs croyances, comment, pourquoi. Mais accepter qu'une idéologie puisse provoquer de tels ravages, briser des individus et des relations, c'était évidemment au-delà de son entendement, tout comme c'est au-delà de l'entendement de toute personne dont la pensée n'est pas neutralisée par leur conditionnement.

Je suppose que je tentai pendant un temps d'être leur avocat, en essayant de démontrer qu'il n'y avait pas que du mauvais dans cette organisation. Peut-être pour trouver une justification au fait que j'avais pu en faire partie si longtemps, et que je pouvais officiellement continuer à appartenir à un tel mouvement.

Elle ne semblait pas m'en vouloir, elle ne semblait pas en colère. Elle me donnait l'impression d'être absente, désabusée, détachée de tout. Comme dans un état de choc après avoir été frappée par une fatalité sur laquelle elle n'avait aucune prise. Et sidérée de voir que j'étais complice de cette fatalité.

Je ne supportais pas de la voir dans cet état et d'en être responsable. Alors je lui fis une proposition que j'imaginais pouvoir nous sortir de l'impasse, mais qui revenait en fait, la suite nous le démontrerait, à rajouter une couche d'absurdité à une situation déjà invraisemblable.

Autant que je puisse m'en souvenir, je lui décrivis mon trait de génie à peu près dans les termes suivants : « Si tu veux, on va vraiment faire connaissance pour que tu te rendes compte par toi-même que les choses sont beaucoup trop compliquées. » Ou comment faire semblant d'ouvrir une porte tout en maintenant fermement la poignée pour qu'elle reste fermée…

Elle se cacha le bas du visage, ses doigts repliés maintenant son écharpe contre sa bouche. Mais ses yeux pétillaient d'une joie et d'une malice retrouvées. Dans une ironie qu'elle tenait probablement de sa mère anglaise elle me répondit que ça allait être intéressant pour elle de découvrir le Moyen-Âge. Elle sous-estimait visiblement la brutalité de cette période de l'histoire.

Je crois que le pire pour elle avait été l'impression de subir, d'être dépossédée de notre histoire. Par mon revirement, je lui donnais l'opportunité de redevenir actrice dans le cours des évènements. Je retrouvai alors la Jade pleine de vie et de détermination, convaincue que notre rencontre avait forcément un sens.

Elle tirait les cartes et s'intéressait aux sorcières et bien que rationnelle, elle était convaincue que les hasards n'existent pas vraiment.

Je n'avais donc pas osé sauter de la falaise, mais j'acceptai de descendre en rappel, crispé par le vertige de l'inconnu qui m'attirait. Dans la période qui s'ouvrit, Jade passa son temps à appuyer sur l'accélérateur pour plus d'activités, plus de restaurants, plus de sorties ensemble tandis que moi je n'enlevai pas le pied de devant le frein, tiraillé par mon conflit de loyauté et conscient d'être sur le fil du rasoir.

L'atmosphère à la maison était irrespirable pour moi. Si, profondément enfoui en lui, mon père recelait certainement une souffrance et une crainte en voyant son fils dériver vers le grand large, extérieurement il me présentait la façade du responsable de la moralité de son foyer, de la congrégation et accessoirement de la mienne, son fils baptisé qu'il était en train de perdre. Ma mère elle n'était qu'angoisse et tristesse. Elle maintenait les liens et s'épuisait à espérer que j'allais revenir à la raison et garder ma place au sein du peuple de Dieu et de la famille.

Une fois l'étape développement d'un ersatz de relation et rapprochement mise sur les rails, Jade passa à la phase deux de son plan de bataille. Elle voulut se confronter à mon environnement familial et religieux.

– Je veux aller à la salle, m'annonça-t-elle un jour.

– Aller à la salle ? ? Mais pourquoi faire ? Ça n'a aucun intérêt, leurs doctrines, leurs croyances, je peux toutes te les expliquer.

– Ce sont des réunions publiques ? Alors je veux y aller !

Je tentai de protester sur l'inutilité de cette démarche.

Quelques jours plus tard, un dimanche matin, je passai la récupérer chez sa meilleure amie pour que nous nous rendions à la réunion du week-end. J'avais de mon côté mon uniforme Témoin de Jéhovah, pantalon à pinces, chemise, cravate. En passant la porte de l'appartement de son amie, j'eus la surprise de la trouver, elle qui était en général habillée dans un style classe et sobre, en minijupe, bas résille, escarpins, haut moulant, veste en cuir et très maquillée.

Au niveau dress-code, elle n'aurait pas pu faire plus hors-cadre. Complètement volontairement, évidemment. Je n'étais pas capable à l'époque, de comprendre l'objectif qu'elle poursuivait. Intérieurement une part de moi lui en voulait de tout faire pour être dans la provocation et me mettre dans des situations délicates.

J'avais obtenu de sa part que nous n'assistions pas à une réunion à laquelle participait un membre de ma famille élargie. Ce qui à Grenoble n'était pas une mince affaire. Quel fut le contenu de la réunion ? Je n'en ai bien sûr plus aucune idée précise. Mais le schéma est assez simple : Cantique et prière de début. Discours de 45 minutes qui explique que le monde va mal, mais qu'heureusement Dieu va intervenir et que les justes seront récompensés. Cantique intermédiaire. Étude pendant une heure d'un article de la Tour de Garde par questions-réponses. Cantique et prière de fin.

J'avais honte de voir Jade soumise à cette propagande dont j'avais été abreuvé toute mon enfance. Heureusement, le calvaire touchait à sa fin et nous allions pouvoir quitter ce lieu pour aller passer un reste de journée plus « normal ». Mais je n'étais pas tiré d'affaire.

Après avoir partagé ces commentaires sur ce qu'elle avait observé pendant deux heures elle me dit qu'elle voulait maintenant assister à un rassemblement auquel participaient des membres de ma famille. Je tentai à nouveau de l'en dissuader.

Quelques jours plus tard, nous nous rendions à l'une des réunions de semaine de la congrégation de mon cousin le plus proche de moi en âge. Mon oncle en était l'un des anciens et mon cousin un serviteur ministériel.

Après la prière de fin, ma cousine, Marie, relativement libre d'esprit par rapport à l'ensemble de la communauté, prit l'initiative de venir faire la connaissance de Jade. Elle s'était imaginé une fille réservée, posée et certainement un minimum intimidé de se retrouver dans un environnement inconnu défavorablement réputé. Erreur fatale de sa part. Elle pensait rencontrer un agneau, elle était tombée sur une lionne.

Le scénario préparé par Marie pour être accueillante, rassurante, et enveloppante apparut forcé et tomba complètement à plat. Jade n'avait pas besoin qu'on tente de lui souhaiter une forme de bienvenue de cette façon. Et elle prit un malin plaisir, par son attitude et ses réponses, à faire comprendre à ma cousine qu'elle s'était totalement méprise sur son compte. Marie riait tellement elle se rendait compte qu'elle s'était magistralement fourvoyée, et qu'elle avait beau sortir les rames pour rattraper la situation, c'était peine perdue.

Une réunion en terrain neutre, une réunion aux abords de ma famille, pourquoi s'arrêter en si bon chemin ? Jade voulait maintenant faire la même expérience aux côtés de mes parents et de mes frères. Cette perspective me paraissait incongrue au possible. Je voyais d'avance le trouble qu'allait créer sa présence pour nombre des assistants de la congrégation. Et, vu de mon balcon, je comprenais difficilement cet acharnement à vouloir s'empêtrer dans un milieu si peu accueillant et dont il n'y avait rien à attendre. Si j'avais eu la capacité de me décentrer de mon nombril et de celui de ma famille, j'aurais compris qu'elle exigeait simplement et on ne peut plus légitimement de ne pas être traitée comme une malpropre.

En route donc pour la réunion la plus loufoque et embarrassante de ma vie. Jade prit place entre ma mère et moi dans l'une des rangées du fond de notre côté de la salle. Les chaises étaient disposées en un éventail d'environ cent-vingt degrés pointant vers le podium, si bien que nous étions en vue d'une grande partie de l'assistance. Il était inutile d'avoir un sixième sens très affûté pour sentir les regards qui pesaient sur notre partie de la rangée. Les questions pleines de jugement se lisaient dans les yeux des « frères » et « sœurs » : Qui est cette fille qui ne semble pas être une sœur ? Comment Shams accepte-t-il d'avoir une « fille du monde » installée au milieu de sa famille ?

Mon père semblait trop absorbé par ce que disaient les orateurs qui se succédaient sur le podium pour prêter attention à ce qui se passait autour de lui. Mais je savais bien que derrière l'impassibilité de façade se cachait une tempête émotionnelle en lui. Un mélange de colère et de tristesse d'être pris dans une situation loin de la norme. Je revois nettement le moment de la prière finale, pendant lequel Jade regardait interloquée mon père courbé en deux, les yeux fermés, la tête baissée et les mains posées sur la chaise devant lui, dans une attitude de ferveur intense.

Pour couronner l'ambiance lunaire de cette soirée, la présence de Jade à mes côtcs créa un autre psychodrame : une jeune « sœur » de la congrégation, Sandrine, dont j'étais proche avait vraisemblablement fondé des espoirs sur moi. Dès qu'elle me vit ainsi accompagné, elle comprit ce que cela signifiait et sortit en trombe de la salle vers le couloir pour aller éclater en larmes à l'extérieur.

Elle vint me saluer à la fin de la réunion, dans une posture droite et un regard fier qui ne parvenaient pas à dissimuler la profondeur de la blessure. Alors que je quittai la salle avec Jade, les amies et confidentes de Sandrine, m'adressèrent alors que je les croisais des regards et parfois même quelques mots qui exprimaient toute leur réprobation. Je crois qu'elles se sont toutes comportées comme s'il n'y avait personne à côté de moi.

Il n'y eut que deux autres expériences notables dans les murs de Salles du Royaume. Lors d'un discours public du week-end sur le thème de la moralité, l'orateur servit un couplet sur la vision divine de la sexualité avec des mots à la pointe de la modernité tels que fornication et adultère. « Mais ce n'est pas mal le sexe ! réagit Jade à haute voix en se tournant vers moi. De petits gloussements fusèrent derrière nous. Des rires faussement amusés, véritablement condescendants. Comme ceux d'adultes qui contemplent ce qu'ils considèrent être la réaction puérile d'un enfant immature. Jade s'en moquait. Son seul enjeu était de me mettre en porte-à-faux en permanence pour que le gouffre qui me séparait de ces gens soit toujours plus flagrant.

Elle décida une dernière fois de s'immerger dans un rassemblement jéhoviste, mais ce que je considérais être un petit évènement l'amena dans une colère qui la décida à mettre fin à son enquête de terrain. À un moment d'une réunion, une mère prit son fils par le bras et le tira de force en dehors de l'auditorium. Je vis Jade fulminer et être agitée jusqu'à la fin de la réunion, qui heureusement était proche.

Une fois à l'extérieur, elle explosa de colère en me disant à quel point elle était scandalisée par ce qu'elle avait vu. Voir que cela ne m'avait pas réellement choqué attisait encore plus sa rage. « Elle exagère », me dis-je, « il n'y a pas que dans une réunion de Témoins de Jéhovah qu'on peut voir des parents reprendre leur enfant qui se dissipe ! Qu'on puisse leur faire dix mille reproches, évidemment, mais pas la peine de s'acharner injustement contre eux non plus !'

Je n'étais pas conscient de la dureté de la scène et de tout ce qu'elle impliquait. Mais la réaction de Jade me ramena dans un flash une scène de mon passé. Mon père avait l'habitude de chanter à pleine voix les cantiques lors des réunions, et je trouvais qu'il chantait bien. Dans mon esprit, bien chanter, c'était être capable de monter dans les aigus. Et moi je ne savais pas, ou je n'osais pas, chanter, et je marmonnais donc de façon quasi inaudible, ce qui irritait mon père au plus haut point. Un jour, n'y tenant plus, et après m'avoir fait la remarque à plusieurs reprises, il me prit par la manche et m'entraîna énergiquement vers l'extérieur de la salle principale, pour une discussion unilatérale animée.

J'étais tellement accoutumé au rythme intensif imposé aux petits enfants des congrégations que je ne réalisais pas à quel point il constitue une pression et un conditionnement insoutenables. Mais je pris conscience petit à petit du rouleau compresseur par lequel j'avais été aplati, tout comme des centaines de milliers d'enfants « nés dans la vérité ».

Ce sont tout d'abord des petits jeux simples qui permettent de capter l'attention de l'enfant dès qu'il est en âge d'écouter un tant soit peu. Faire un petit trait sur une feuille dès que les noms « Jéhovah » ou « Jésus » sont prononcés par exemple. Puis dès que l'enfant sait lire, savoir trouver les versets de la Bible dans son propre exemplaire. Voilà comment l'on apprend dès son plus jeune âge à manier la « parole de Dieu » avec dextérité, basculant de Genèse à Révélation (Apocalypse) en passant par les lettres aux Corinthiens à une vitesse de plus en plus vertigineuse.

Jade avait vu ce qu'elle voulait voir, elle n'eut plus besoin de retourner à une réunion. Elle entreprit quelques démarches supplémentaires, en contactant par exemple l'ADFI (Association pour la Défense des Familles et des Individus), pour essayer de trouver des moyens de m'apporter l'aide qu'elle estimait devoir m'apporter.

Je me disais, et je lui disais, qu'elle dépensait inutilement de l'énergie pour faire un travail que j'avais déjà fait. Qu'elle souhaitait peut-être jouer un rôle de sauveuse face à une menace qu'elle n'avait jamais soupçonnée auparavant. Je commettais une grossière erreur. J'imaginais que le fait de m'être débarrassé de la camisole doctrinale des Témoins de Jéhovah équivalait à s'être libéré de leur formatage. Mais cela revenait uniquement à avoir fait sauter une sangle en me donnant l'illusion de m'être totalement affranchi de l'emprise.

Toute cette relation était un véritable supplice de Tantale que je lui faisais subir. Rien ne réduisait en réalité la distance que je maintenais entre elle et moi. Et elle consumait l'énergie du désespoir à tenter de faire réellement éclore notre histoire. Arriva le moment ou cette énergie fut épuisée, et je sentis qu'elle renonçait à se battre. Je peux relier la décision du renoncement à un moment très précis.

Nous nous trouvions dans l'une des salles de classe de l'université avec une amie de la classe. Une phrase avait été écrite avec soin sur le tableau blanc et laissée seule sur une surface complètement nette. Jade sembla hypnotisée par cette ligne et lut les mots très lentement pour leur donner un poids immense. « Things are not always what they seem ». Les choses ne sont pas toujours ce qu'elles semblent être. Les mots en eux-mêmes et la façon qu'eut Jade de me les adresser comme une sentence en me donnant en même temps l'impression de s'être envolée vers un autre univers me frappèrent comme un coup de poignard. C'était clair. Elle s'était trop battue en vain. Elle renonçait.

Le visage fermé et le regard d'acier qu'elle arborait lors de la demi-journée suivante de cours ne laissait aucun doute sur sa résolution. Mais une information inattendue allait à nouveau bouleverser la situation.

Jade m'avait indiqué des mois auparavant qu'une fois son diplôme en poche elle allait partir s'installer aux États-Unis, à proximité de Washington où vivait sa sœur. Ne se résolvant pas à ce que son départ puisse nous séparer, elle m'exprima, après m'avoir dévoilé ses sentiments, à quel point elle souhaitait que je la rejoigne de l'autre côté de l'Atlantique.

Évidemment, une telle perspective m'enchantait, mais elle relevait pour moi de la pure science-fiction. Je n'avais aucun réseau à activer sur la côte Est des États-Unis et donc aucune idée de ce qui pourrait me permettre de faire le grand saut. Je ne pourrais toujours pas expliquer aujourd'hui qu'elle a été l'élan d'euphorie qui m'a poussé à prendre une initiative complètement folle.

C'est en réfléchissant au stage de fin d'année que je devais faire que je me posai la question suivante : Si tu devais faire le stage de tes rêves, où irais-tu ? Et la réponse me vint comme un éclair : au siège des Nations Unies à New York. Quelques clics plus tard, j'avais postulé, comme on lance une bouteille à la mer. Puis, le moment d'euphorie passé, je redescendis sur terre en me disant que j'étais vraiment capable de m'emballer pour des projets ou des rêves insensés.

Il a fallu que le courrier comportant le sceau de l'ONU choisisse précisément le jour où Jade s'était résignée à abandonner notre relation pour arriver. Après m'être installé et avoir contemplé le visage de marbre de Jade qui se détournait ostensiblement de moi, je lui donnai l'information, mais comme si elle ne la concernait déjà plus. « Je suis pris à l'ONU ». Avant même qu'elle ne tourne la tête pour me demander de répéter, je vis son visage passer d'une inexpressivité terne à un rayonnement flamboyant et ses yeux se remettre à pétiller de vie et de détermination. Pour elle qui croyait à une forme de signes du destin ou de signes envoyés par la vie, le message était on ne peut plus clair !

Cette réponse positive a certainement contribué à forger ma conviction qu'aucun objectif n'est trop élevé pour être tenté. J'ai depuis pris pour principe de ne pas limiter mes ambitions à un périmètre qui pourrait me sembler raisonnable. Je vise un idéal, je fais ce qui est en mon pouvoir pour l'atteindre puis je regarde ce que la vie me permet de réaliser dans le domaine en question. Ce qui me vaut souvent de me sentir l'intrus dans un domaine ou un contexte que rien ne me prédestinait à rencontrer.

La validation de ma candidature revêtait également un autre enjeu. Quand j'indiquai à mon père que j'allais réaliser ce stage aux Nations Unies à New York, je sentis un voile de perturbation passer sur son visage. « Il faudra que je vérifie, mais tu sais ce que cela pourrait signifier », me dit-il.

Évidemment que je le savais. Par une interprétation qui leur est propre, les Témoins de Jéhovah considèrent que la description d'une bête sauvage de couleur écarlate dans le chapitre 17 du livre de la Révélation est une prophétie qui s'applique à l'ONU. D'après le verset 18, ce monstre « était, mais n'est pas, et pourtant elle est sur le point de monter de l'abîme », ce qui préfigurerait le fait qu'historiquement l'ONU ait succédé à la Société des Nations après un passage dans l'abîme.

Pourquoi une vision si négative d'une institution dont le but est de maintenir la paix et la sécurité internationales ? Parce que comme l'explique le site internet de la Watch Tower, « cet objectif peut paraître louable, mais en fait, l'ONU déshonore Dieu en prétendant faire ce que seul le royaume de Dieu peut accomplir ».

En intégrant, les services de la bête sauvage, il était donc possible que je me rende complice d'un ennemi usurpateur du Créateur tout-puissant. Rien que ça. Si c'était le cas, cela entraînerait évidemment mon exclusion de l'organisation jéhoviste. J'en avais pleinement conscience, et j'avais parcouru suffisamment de chemin pour y être prêt.

Il se trouva qu'un couple californien que nous connaissions était en visite à Grenoble cette semaine précise. Mon père n'eut donc pas la nécessité de faire la recherche sur les implications de mon stage. Dès que ce couple d'amis apprit l'opportunité qui m'était offerte, ils me félicitèrent enthousiastes en nous disant qu'ils connaissaient quelques frères et sœurs qui travaillaient aux Nations Unies. Je ne voyais pas trop la cohérence à condamner la bête sauvage et travailler pour elle en même temps, mais en tout cas, cela signifiait que mon bannissement n'était pas encore pour cette fois.

Quelques semaines plus tard, j'atterris donc à l'aéroport JFK pour entamer mon périple américain. Les deux mois passés à l'ONU furent une expérience fantastique. J'étais affecté au service Public Relations, qui a pour mission de gérer la présentation et la diffusion des rapports et des différents ouvrages édités par les agences onusiennes. Mais l'organisation du stage prévoyait également que nous puissions assister aux réunions et évènements qui pouvaient nous intéresser.

Ce fut donc pour moi l'occasion d'assister, avec l'oreillette de traduction à l'oreille, à des échanges entre diplomates sur les thèmes de l'actualité de l'époque. Et de me rendre compte ainsi de la redoutable complexité à laquelle se confronte cette institution internationale. Les phrases étaient interminables et pesées au milligramme près, et il fallait être rompu à l'exercice pour se rendre compte que le choix d'un mot ou une tournure de phrase représentait une mise en cause ou défense. Un concentré de la beauté, de la laideur et de la complexité du monde.

Je vécus également l'étonnante expérience de suivre un atelier/débat en petit groupe au sujet du conflit israélo-palestinien avec autour de la table des Israéliens et des Palestiniens. Les échanges étaient courtois et mesurés, mais la tension et les désaccords étaient palpables.

Moi qui avais passé mon enfance dans un groupe humain qui se considère à la périphérie du monde, j'avais l'impression de me retrouver au cœur de la vie de l'humanité moderne, dans ses turpitudes, son agitation mais aussi sa recherche d'apaisement et d'élévation.

La durée du stage était de deux mois, il fallait donc que je trouve la solution pour la suite si je souhaitais pouvoir m'installer outre-Atlantique. Un enchaînement de contacts me permit de poursuivre avec deux missions à Washington. Pendant un peu moins d'un mois, je donnai un coup de main à la correspondante de Radio France dans la capitale américaine. Par son intermédiaire, je fus ensuite mis en contact avec l'attaché culturel de l'Ambassade de France qui me proposa un stage de quelques mois.

Cette incroyable succession d'évènements, de rencontres et d'expériences me donna donc la possibilité de trouver ma place à plus de six mille kilomètres de Grenoble, exactement à l'endroit que Jade avait prévu de rejoindre.

Si mon intégration culturelle et sociale dans le monde réel avait avancé, ce n'était pas le cas de ma capacité à créer des liens personnels en dehors des Témoins de Jéhovah. J'avais l'illusion de m'être enraciné dans la société « normale » parce que mon organisation de vie n'avait plus rien à voir avec ma routine jéhoviste précédente, mais la réalité était que je ressemblais plus à un agent infiltré qu'à un autochtone.

Les quelque 150 stagiaires qui se trouvaient en même temps que moi aux Nations Unies organisaient des soirées, des sorties et divers évènements. Je ne participai à quasiment aucune. L'empreinte de mon éducation continuait à me faire fonctionner dans un mode selon lequel il y avait un « eux » et un « moi », un « eux » et un « nous ». Combien de rencontres, combien de découvertes ai-je manquées, physiquement présent au milieu de tant de personnes mais l'esprit cloîtré dans un bunker vide !

Mon aptitude à développer une relation amoureuse hors de mon formatage d'origine n'avait pas non plus réellement grandi, si bien que mon lien à Jade conserva, tant dans la période où elle était encore en France qu'à son arrivée aux États-Unis, la même ambiguïté suffocante. Son dépit s'exprima un jour en une prophétie que je refusai d'entendre : « Je t'ai rencontré pour te sortir de là, mais ce n'est pas moi qui en profiterai ». Elle eut quelque temps plus tard cet autre augure tout aussi insupportable pour moi : « Si un jour je sors de ta vie, tu retourneras parmi les Témoins de Jéhovah ». L'avenir devait lui donner, au moins temporairement, raison.

Pour différentes raisons, après quelques mois de son expérience américaine, Jade fit une allergie à ce pays qu'elle avait de la même façon que moi mis sur un piédestal. Au point qu'elle décida finalement qu'elle voulait rentrer en France, et ce juste au moment où l'Ambassade de France me proposait un poste rémunéré synonyme, enfin, de possibilité d'installation à Washington.

Il me fallut donc faire le choix entre une très belle opportunité professionnelle et l'envie de revenir en France pour repartir sur une nouvelle aventure. Mon hésitation ne fut pas longue. Quelques jours plus tard, j'embarquai pour un vol de retour vers la France, vers Grenoble.

Retour au point de départ. Mais on ne revient jamais à son point de départ. On repasse éventuellement par la même case du jeu de Monopoly, mais ce n'est pas la même étape, ce n'est plus le même endroit, ce ne sont plus les mêmes personnes.

Et le parcours nous avait abîmés, tant Jade que moi. Si bien que peu de temps après avoir retrouvé la France notre histoire s'arrêta. Jade avait trouvé un emploi sur Paris et je l'y rejoignais pour le week-end, plus ou moins régulièrement. Mais le fil qui nous reliait se distendait inexorablement. Jusqu'au jour où, alors que j'étais en route vers Grenoble après un week-end, mon téléphone sonna pour un long appel synonyme de fin de notre histoire.

Le mot qui décrit le mieux la période qui suivit est le vide. L'impression d'être dévasté, d'avoir un trou à la place du ventre et ne pas supporter l'instant du réveil où l'esprit remonte à la surface et reprend conscience de la réalité. Rien d'autre que la banale fin d'une histoire d'amour finalement, mais qui recouvrait bien des implications pour moi.

Je revis mon père le soir même de mon retour de Paris. « C'est fini. », lui annonçai-je. À ces mots une grimace douloureuse traversa son visage et je ressentis une lassitude et une tristesse infinies. Pourtant, celle qu'il n'avait jamais cessé d'appeler « cette jeune femme » sortait de ma vie, il aurait pu s'en réjouir. Mais je suppose que mon visage défait lui a fait l'effet d'un coup de poignard dans les côtes. Je suppose aussi que la peur que je me suicide lui est remontée au cœur immédiatement. Dans sa vision, je me retrouvai seul au monde. À l'écart de ma famille, éloigné des frères et sœurs, et à présent sans Jade, mon cercle intime s'était drastiquement restreint.

Pendant des jours, des semaines, je ruminai mon histoire, cherchant ce qui avait bien pu arriver pour que tout explose en vol à ce point. Et comme souvent, la rumination déforma ma perception de la réalité. La nouvelle conclusion à laquelle j'arrivai me paraissait de plus en plus limpide. Jade ne m'avait jamais aimé. Elle s'était foutue de ma gueule, tout simplement. Pour m'en faire autant baver, pour avoir été si dure avec moi, elle n'avait pas pu m'aimer.

Ce n'est que bien plus tard que je compris que cette nouvelle lecture des évènements n'était qu'une façon de donner un sens à l'inacceptable et de m'exonérer de ma responsabilité. Elle ne m'avait jamais aimé ? Si bien sûr, et la cruauté de sa désillusion avait été à la hauteur de son amour. Elle m'avait humilié ? Absolument pas. J'avais honte tout simplement, mais la honte est un sentiment tellement insupportable que je préférais en reporter la responsabilité à quelqu'un d'autre. La honte laisse la marque de ses dents dans la peau. Et si la douleur de la morsure s'éteint, la marque n'en disparaît jamais.

Il faut croire que certaines histoires sont faites pour foirer d'un bout à l'autre. La dernière fois que j'eus des nouvelles de Jade, ce fut par l'intermédiaire d'un mail. Pour une obscure raison, je fis un jour un tour sur une ancienne adresse mail que je n'utilisais plus. Au milieu d'une interminable liste de mails publicitaires parasites, l'adresse mail de Jade me sauta aux yeux. Je ne suis pas sûr que le message portait un titre, ni même qu'il comportait un texte. Ce qui est certain, c'est qu'il y avait une photo. Celle de la fille de Jade qui venait de naître.

Encore embourbé dans mon besoin de trouver une coupable, une partie de moi interpréta cet envoi comme une provocation destinée à me montrer qu'elle avait facilement poursuivi sa vie. Je laissai donc ce message sans réponse. Je compris des mois, peut-être des années après, ce que cette initiative de me faire partager cette étape importante de sa vie disait de ce que j'avais représenté à ses yeux. Et des mois ou des années plus tard, je répondis donc à son mail. Mais ma réponse s'est probablement perdue dans une boîte mail désaffectée dans laquelle viennent s'entasser toutes sortes d'annonces commerciales…

Je sortis de cette relation et de cette tranche de vie avec la violente sensation de m'être brûlé les ailes. J'avais imaginé pouvoir m'extraire d'une chape de plomb pour m'envoler vers la liberté et je me retrouvais à m'être écrasé lourdement, brutalement sur le bitume. J'avais imaginé pouvoir me défaire des entraves sectaires mais la programmation mentale semblait devoir être irréversible et ne conduire qu'à des impasses.

Marche arrière

Je me sentais comme un minuscule électron coincé entre deux univers que tout oppose, n'appartenant ni à l'un ni à l'autre, ayant l'impression de correspondre à l'un mais défini par l'ADN de l'autre. Une sorte de purgatoire vide et absurde dans lequel se sont perdus quelques égarés qui ne savent se définir que par ce qu'ils ne sont pas.

J'étais dans une confusion qui ne tomberait qu'après un long cheminement. Les fondements de mon éducation m'avaient laissé la perception inconsciente que d'une certaine façon l'honnêteté, la générosité et bien des valeurs que je portais en haute estime n'étaient pas naturellement présentes chez les humains, et qu'il fallait donc nécessairement se rattacher à une instance supérieure pour décider de les poursuivre dans sa vie. Vision on ne peut plus contaminée par un idéalisme et un manichéisme judéo-chrétiens !

De la même façon, j'ai grandi en intégrant la croyance que spiritualité, foi et religion sont synonymes et donc interchangeables. Quand j'ai rejeté la religion, j'ai donc imaginé qu'il fallait nécessairement mettre dans le même sac la foi et la spiritualité. Je ne sais pas encore si la foi est recyclable, mais j'ai depuis compris qu'on peut être très spirituel et pas du tout religieux. Je pense même que la religion est l'ennemie de la spiritualité, parce qu'elle rabougrit la fibre humaine qui tend vers l'infinité de l'espace et du temps et la réduit à un carcan de dogmes et d'interdits.

Rien au fond de moi n'était Témoin de Jéhovah, mais bien des aspects de ma personne m'identifiaient à eux. J'en vins à me dire que je ne leur ressemblais pas par mes croyances, mais que je leur étais semblable par mes valeurs et qu'un certain fatalisme devait me conduire à me rapprocher de la meute dont j'étais le plus proche.

Ce qui était clair, c'est que j'étais dans l'incapacité de créer des relations sociales en dehors de cette meute. Mon activité professionnelle ou mes différents engagements m'amenaient bien sûr à être en contact avec toutes sortes de personnes plus ou moins régulièrement, mais les contacts que je pouvais avoir restaient cantonnés à l'activité en commun sans déborder sur ma vie personnelle.

Dans un sens, je ne ressentais pas le besoin de m'ouvrir à d'autres. En apparence, j'étais quelqu'un de facilement abordable, attentif à autrui, capable de m'adapter à toutes sortes de situations. L'adaptabilité. La clé de mon armure. Je savais être ce que les autres avaient besoin que je sois. Le grand avantage, c'est que quand vous passez votre temps à être ce que les autres attendent de vous, vous n'avez pas besoin de prendre le temps d'être vous-même.

Mon escapade vers moi-même, aux côtés de Jade, s'étant soldé par un échec lourd, j'en revins au rôle que j'avais le mieux appris à jouer : vivre pour les autres. Une partie de moi en était bien consciente, mais se disait que finalement, le mieux que l'on ait à faire sur cette terre est peut-être de jouer le rôle pour lequel on a le plus d'aptitudes. Une autre partie se leurrait en imaginant que parce que j'avais affirmé des positions, j'avais gagné mon individualité. Une troisième partie s'était mise en hibernation.

Il ne fallait pas trop que je réfléchisse sur le long terme, parce que sur le long terme mon parcours était une impasse. Mais pour le quotidien, la vie reprit une certaine routine. Certains moments agréables passés avec mes parents, mes frères, mes cousins et cousines. Des moments agréables avec certains « frères et sœurs ». J'avais l'impression de relations plus authentiques avec eux, puisqu'ils savaient que j'avais beau me trouver parmi eux, je n'étais pas réellement l'un d'eux.

Mes parents et mes frères se mirent à côtoyer de plus en plus régulièrement une famille de leur congrégation. Cette famille ne correspondait pas au schéma traditionnel puisque le père n'était pas « dans la vérité », comme disent les Témoins de Jéhovah. La mère était baptisée et zélée, et elle donnait une éducation jéhoviste à son fils et ses deux filles.

Il y avait une bonne raison pour que nos deux familles se rapprochent. Mon frère cadet était visiblement tombé amoureux de l'aînée des filles. Et selon la plus pure tradition des bonnes familles chrétiennes, il fallait donc dans un premier temps apprendre à se connaître dans des contextes garantissant toute chasteté avant de se fréquenter un peu plus assidûment mais toujours en milieu ouvert, puis se fiancer pour enfin se marier et pouvoir débuter la vie à deux.

Je trouvais la plus jeune des deux sœurs, Lisa, assez surprenante. Avoir un père qui ne partageait par leur foi l'avait évidemment habituée à vivre au contact de deux modes de pensée différents et cela ne semblait lui poser aucun problème. Je compris à quelques occasions qu'elle pouvait faire preuve d'une ouverture d'esprit inconcevable pour nombre de ses coreligionnaires.

Je l'entendis par exemple un jour discuter avec des amis. Pour une raison qui avait certainement trait à l'actualité, le thème de l'homosexualité fut abordé. Loin d'elle l'idée d'aller à l'encontre de la vision biblique qui veut que ce type de sexualité soit un péché bien sûr, mais elle semblait ne pas nourrir la moindre trace de jugement ou de mépris envers les homosexuels. Ce qui, compte tenu de la condescendance méprisante qu'affichent en général les membres du mouvement, ressemblait à un exploit.

Jamais non plus je ne repérai dans sa façon de se comporter avec moi l'attitude typique des Témoins de Jéhovah envers les « refroidis ». Cette sorte de commisération pataude que ne peuvent réprimer certaines personnes quand elles côtoient un malade dont tout le monde sait qu'il est condamné. Elle semblait simplement me considérer comme quelqu'un qui avait fait des choix différents. Se pouvait-il qu'elle soit un électron libre à l'intérieur de l'un des univers, quand moi j'étais l'équivalent hors des univers ?

Je pense qu'elle admirait d'ailleurs en moi mon apparente capacité à être insensible au jugement des autres, de ne pas me laisser déstabiliser et renverser par les pressions de l'adversité. Je crois aussi que ma capacité à percevoir les émotions, les blessures et les failles des gens que je pouvais côtoyer – et par la même occasion à percevoir les siennes – l'interpelait. Il faut dire que comme j'étais moi-même pétri de ces émotions, blessures et failles, elles résonnaient facilement en moi et j'avais donc développé une certaine aptitude à les détecter.

Ma capacité à discerner ses fragilités nous permit de beaucoup échanger et de nous rapprocher. Accessoirement, cela me permit à nouveau de jouer le rôle dans lequel j'excellais : être l'oreille attentive à laquelle se confier et l'épaule rassurante sur laquelle s'appuyer. Être là pour les autres donc, pour ne surtout pas avoir l'insupportable nécessité d'être présent à moi-même. L'échange se transforma en intérêt, l'intérêt en complicité, la complicité en intimité et finalement l'intimité en mariage. Si vraiment nous étions deux spécimens très rares d'électrons libres gravitant à l'intérieur ou autour de la sphère jéhoviste, cette union n'était-elle pas l'une des seules possibles ?

Évidemment, mes différences de conceptions et de valeurs n'avaient pas disparu et les incorporer dans le cadre d'un mariage relevait d'une certaine gageure. Mais j'avais d'une certaine façon réussi à m'autopersuader qu'au fond, ces différences n'avaient pas beaucoup d'importance. Que la vie consiste de toute façon à trouver en permanence des compromis entre différentes options.

Lisa croyait en ce dieu d'amour et moi pas ? Quelle importance, elle savait que je ne partageais la même croyance, donc les choses étaient claires. Elle accordait beaucoup de valeur à certains principes que je trouvais dénués de fondements ? Ok, mais est-ce que cela me contraignait à des renoncements inacceptables ?

J'avais lu et entendu plusieurs fois dans mon éducation *Watch Tower* l'exemple de ce « frère » très avancé en âge à qui était posée la question suivante : « Tu as passé ta vie à servir Jéhovah et à te consacrer entièrement à ta foi, que dirais-tu s'il devait s'avérer que la Bible est fausse? » À quoi il répondit : « Même si c'était le cas, je n'aurais aucun regret, parce que j'ai eu une vie belle et remplie ».

J'en venais finalement à avoir adopté la même conclusion. Si la vie n'est rien d'autre qu'un séjour de quelques dizaines d'années sur terre, quelle importance y a-t-il à avoir eu raison ou à s'être trompé? Cette petite musique que je tentais de me jouer était tout de même parasitée par une phrase cinglante que Jade m'avait répétés plusieurs fois. « Chacun gâche sa vie comme il l'entend ».

Ma vie se poursuivit en tout cas durant mon mariage selon un compromis permanent que je tentais de garder en équilibre. Et le rythme du quotidien donne la sensation de s'être installé dans une certaine normalité. Travail, loisirs, invitations, temps passé avec les familles d'un côté et de l'autre…

J'assistai en spectateur à un certain nombre des réunions de la congrégation de Lisa, et considérer cela comme un exercice intellectuel d'analyse et de réflexion ne m'était pas désagréable. Je connaissais et appréciais de plus un bon nombre des membres de cette congrégation et j'étais ainsi « socialement » intégré.

Il n'y avait qu'un point que j'avais affiché dès le départ comme non négociable. Si nous devions un jour avoir des enfants et qu'une opération chirurgicale devait être envisagée, il n'y aurait pas de débat sur le fait qu'ils recevraient une transfusion sanguine si cela devait s'avérait nécessaire.

Et deux enfants arrivèrent. Le premier, un garçon, trois ans après notre mariage, et sa petite sœur, trois ans après. Le rôle de père était un rôle que je m'étais souvent imaginé jouer, et passer cette étape de la vie allait forcément être une très belle expérience.

La parentalité est un sujet qui remplit des rayons de librairie, et il y a bien des choses que je pourrais exprimer sur ce que j'ai vécu en devenant père, mais je me concentrerai ici uniquement sur les aspects qui concerne les incidences de l'arrivée des enfants dans mon cheminement par rapport aux Témoins de Jéhovah, tout comme je le fais pour le mariage.

Trouver le chemin d'éducation qui serait un bon équilibre entre nos deux schémas de pensée si éloignés allait évidemment être un défi. J'étais persuadé, et je le reste encore aujourd'hui, que le fait pour des enfants d'être exposés à des environnements très différents et à des visions du monde qui ont très peu en commun, développe à terme une ouverture d'esprit très large et une grande capacité à appréhender les altérités même les plus extrêmes. L'autre facette de cette éducation par deux univers étant une quête redoutablement complexe pour définir et trouver son identité.

La conscience de devoir être à contre-courant de l'enseignement auquel mes enfants allaient être exposés de la part de Lisa, de nos deux familles et de la communauté redonna certainement de la force à mon sentiment d'être étranger à l'environnement dans lequel j'évoluais. Le rugissement de ma personnalité que j'avais cru enfermer dans une cellule capitonnée reprit une puissance impossible à ignorer. Mon monde intérieur réclamait à nouveau son droit d'exister, silencieusement dissimulé derrière le rideau de mon apparence.

Rupture et rencontre

Une rencontre sur mon lieu de travail vint bousculer à nouveau les habitudes dans lesquelles je m'étais installé. Je commençai à partager toutes sortes de discussions avec l'une de mes collègues, Sonia. Nous abordions toute sorte de sujets, l'actualité, les débats de société, ou encore la politique.

La politique est un terrain sur lequel les Témoins de Jéhovah ne s'engagent absolument pas. Théoriquement ils n'expriment même pas d'opinion dans ce domaine, considérant, selon les paroles attribuées au Christ dans l'évangile selon Jean chapitre 17 verset 16 ne pas faire partie du monde tout comme lui-même prétendait ne pas faire partie du monde. Pour moi qui ai toujours été passionné par les débats et l'actualité, ne pas pouvoir confronter mes opinions à celles des personnes que je côtoyais était forcément une frustration.

Pas de restrictions de thèmes de discussion avec Sonia, pas de précautions à prendre sur ce qui se dit ou ce qui ne se dit pas. Nos échanges étaient une invitation à laisser s'exprimer les opinions les plus divergentes et les idées les plus contradictoires.

Et pour une fois, j'en vins très rapidement à aborder cette relation sans ressentir le besoin de masquer la partie immergée de l'iceberg qu'est ma vie. Sonia découvrit peu de temps après notre rencontre ce qu'avait été mon parcours de vie.

Nos visions de la vie et de la famille s'étaient forgées dans des contextes tellement différents que nos comportements et considérations déclenchaient fréquemment des réactions de surprise chez l'un ou chez l'autre.

Une discussion au sujet de l'origine de la vie me marqua particulièrement. Cherchant à lui expliquer l'enseignement que j'avais reçu et les cogitations qu'il avait provoquées en moi, je lui citai les questions avec lesquelles je me débattais depuis mon enfance, et avec lesquelles j'imaginais que l'humanité entière se torturait jusqu'à l'épuisement : D'où venons-nous ? Comment la vie a-t-elle commencé ? Pourquoi a-t-elle commencé ? Si l'on peut inscrire le Big-bang à un endroit sur la ligne infinie du temps, que s'est-il passé à Big-bang moins le quart ? Quel est le sens de la vie ? Le but de la vie ?

Sa façon de répondre me sidérait : « On s'en fout, on est en vie, c'est ce qui est le plus important. Le but de la vie, c'est d'être heureux ! » Quoi, c'est tout ? On peut réellement vivre sans se triturer la cervelle en permanence avec toutes les questions existentielles ? Visiblement oui, je découvrais que c'était possible. Qu'à trop vouloir comprendre la vie on peut se retrouver à oublier de la vivre.

Chapitre 4

Nouvelle vie

De moments échangés en moments échangés, de partages en partages, notre relation se chargea rapidement de sentiments amoureux, qui restèrent inavoués pendant une certaine période. Un jeu de séduction/maintien à distance s'engagea et gagna en intensité, jusqu'à nous amener à dévoiler nos sentiments.

À quoi ces sentiments pouvaient-ils nous conduire ? J'étais mari, j'étais père, j'étais issu d'une famille qui prône la loyauté, la fidélité, le devoir. Je m'étais construit selon le schéma stoïcien décrit plus haut qui fixe des idéaux à atteindre en négligeant les sacrifices que leur quête suppose. Pouvais-je renoncer à l'inflexibilité de mon esprit pour écouter battre mon cœur ?

La réponse que je me faisais à moi-même était non. Tenaillé entre l'injonction d'assumer mes responsabilités et, disons le mot, la peur de toutes les conséquences que pourraient entraîner le saut vers une autre vie, je considérais l'idée de sortir des rails sur lesquels j'étais installé comme une non-option.

« Tout le monde savait que c'était impossible à faire. Puis un jour quelqu'un est arrivé, qui ne le savait pas, et il l'a fait », dit une citation attribuée selon les versions à Mark Twain, Winston Churchill ou Marcel Pagnol. Et ce jour arriva. Ce jour où, mesurant une partie du prix qui serait à payer, et ignorant une autre partie de ce prix, j'avouai à Lisa les sentiments que j'avais développé pour une autre femme qu'elle, et la vie vers laquelle je voulais aller.

Plus de tergiversations possibles cette fois, plus de demi-mesure, plus de recherche d'un compromis acceptable. Au stade de la vie auquel j'en étais, la prise d'une décision était nécessairement synonyme de rupture radicale à différents niveaux. Si j'avais passé ma vie à l'entrée de l'océan en jouant avec les vagues, à ressentir leur puissance tout en les esquivant, j'avais cette fois plongé dans un rouleau qui allait me renverser, me faire temporairement perdre toute notion d'équilibre et tous repères. L'heure du bannissement total avait sonné.

D'abord en parler à Lisa. Et voir la souffrance de la femme quittée, doublée du jugement moral de la chrétienne face à un homme qui « trahit ses contrats ». Je n'avais évidemment jamais souhaité la faire souffrir, mais dans bien des histoires, la séparation ne se fait que dans le déchirement.

En parler aux enfants. Et voir leurs yeux incrédules en entendant que papa allait partir.

Au-delà du foyer dans lequel ils ne me verraient plus, il fallait aussi que je les prépare à toutes les implications que ma décision allait avoir dans tous les cercles dans lesquels ils m'avaient vu évoluer. Mon fils était déjà en âge d'entendre, ma fille n'était encore qu'un bébé.

En parler ensuite à mes parents. Comme ils vivaient à ce moment-là aux États-Unis, je leur envoyai un mail pour les informer de la situation et leur proposer d'en parler lorsque leur journée commencerait. Je reçus un bref message de réponse qui me remerciait de les avoir tenus informés et m'indiquait qu'une conversation ne serait pas utile.

En parler à mes frères, et voir leur profond désarroi et leur grande tristesse en imaginant que leur frère allait disparaître de leur vie. Je vis peut-être pour la première fois à ce moment-là mon frère qui vivait à Grenoble être bousculé par ses émotions. Celui qui vivait aux États-Unis eut également un message qui montrait la gravité de ce que ma famille d'origine traversait.

J'aurais pu éviter de parler aux Témoins de Jéhovah. Il m'aurait suffi d'envoyer un courrier indiquant que je ne souhaitais plus être associé à ce mouvement de quelque façon que ce soit. Mais je voulais suivre une autre procédure. J'avais besoin d'être face à des personnes et de leur parler. Peut-être parce que je ne supportais pas d'être expulsé comme un malpropre sans pouvoir exprimer tout ce que m'inspiraient ces méthodes totalitaires.

Les Témoins de Jéhovah prévoient que les personnes qui se rendent coupables de ce qu'ils vont considérer comme un péché soient traduites devant un comité de discipline religieuse, qui se nommaient encore au moment des faits que je relate « comité judiciaire ». Il était important pour moi d'être confronté à cette pseudo-instance pour me tenir droit devant eux et les regarder dans les yeux.

Ce sont deux anciens que je connaissais très bien et que j'appréciais que je rencontrai ce jour-là. Je commençai l'entretien en posant clairement ma vision : « J'ai décidé de venir vous parler, mais à la condition qu'il soit clair que ce n'est pas vous qui me mettez dehors, c'est moi qui pars ». Cela étant acquis, la discussion qui s'ensuivit fut un échange à cœur ouvert. Ils me connaissaient suffisamment pour savoir que la notion de repentance pouvait rester rangée dans leur sacoche. Ce n'était pas un adepte qui se présentait face aux anciens, c'était un individu libre qui voulait s'adresser en toute franchise à des personnes avec qui je jouais au foot et passais des soirées pizzas encore quelques jours auparavant.

L'entretien dura environ une demi-heure, au terme de laquelle l'ancien que je connaissais le mieux, Franck, me raccompagna jusqu'à l'entrée de la Salle du Royaume, puisque c'est là qu'avait été fixé le rendez-vous. Les quelques secondes pendant lesquelles nous nous sommes salués pour la dernière fois illustre parfaitement la tonalité des échanges que nous avions eus, et peut-être plus largement le changement d'univers auquel je me préparais. En même temps que la main du responsable de la congrégation refermait devant moi le lourd portail métallique, l'œil de l'homme se gonflait d'une larme qui allait se contenter de faire briller de tristesse son regard.

Le portail était fermé, gardant le troupeau de Dieu en sécurité dans son enclos. Cette fois, j'étais définitivement coupé de ce monde qui m'avait vu naître et grandir. Sans plus aucune nécessité de trouver des arrangements avec moi-même et avec des communautés familiale ou religieuse. J'étais libre.

L'amour, ou ce qui peut être présenté comme de l'amour, a un prix qui peut être très élevé. Souvent ce prix est la liberté. Certains ont tellement besoin d'amour qu'ils sont prêts à l'acheter au prix de leur liberté. Et ils renoncent donc à leur liberté. D'autres ont tellement besoin de liberté qu'ils sont prêts à ce qu'elle leur coûte beaucoup d'amour.

Je connaissais le petit cérémonial qui allait se tenir lors de la réunion suivante de la congrégation. Certainement au moment de la transition entre les deux parties de la soirée, le présentateur de la réunion allait inviter le surveillant-président – plus ou moins le responsable du collège des anciens – à venir sur le podium pour une communication spéciale. Franck, puisqu'il s'agissait de lui, allait se présenter avec un air grave devant l'auditoire et annoncer au micro que monsieur Ludovic Hanna s'était retiré de l'organisation des Témoins de Jéhovah. Je passais ce soir-là officiellement de « frère » à monsieur.

C'était le point de départ d'un changement d'attitude radical de la part de tous les Jéhovistes que j'allais rencontrer. Ceux qui me faisaient la bise ou me serraient la main allaient maintenant au mieux me saluer rapidement d'un air embarrassé, au pire détourner les yeux en me croisant. Il faut dire qu'en 2 Pierre 2 : 21 et 22, la Bible décrit ceux qui se sont écartés de « la vraie foi » en disant qu'il aurait mieux valu pour eux ne pas avoir eu la connaissance exacte du chemin de la justice que de l'avoir connu et de se détourner ensuite du saint commandement qu'ils avaient reçu. Il leur est arrivé ce que dit ce proverbe véridique : « Le chien est retourné à son vomissement, et la truie qui a été lavée est retournée se vautrer dans la boue ».

Les premiers jours après ce rejet choisi furent un tourbillon d'émotions, dominé par un vent d'euphorie. Je n'allais plus avoir à composer avec des critères qui n'étaient pas les miens, à être contraint par des cadres qui, même si je les avais fait éclater par endroits, continuaient à peser sur mes choix et mes actions. J'allais devenir moi tout simplement.

N'assumer que ce que j'acceptais d'assumer, quoi que puissent en penser les autres.

J'allais également commencer à vivre mon amour avec Sonia, dans la simplicité, la légèreté, la joie, par-delà le bien et le mal, selon les mots de Nietzsche. À être pleinement dans la vie sans considération de filtres qui, même si je les avais intellectuellement rejetés, continuaient à me coller à la peau.

Mais l'euphorie fut de courte durée et laissa place à un brouillard diffus qui enlevait toute saveur à tout ce que je pouvais expérimenter. J'avais passé ma vie à forcer contre les barreaux de la cage dans laquelle on avait voulu m'enfermer. Ce dont je n'avais pas conscience, c'est que la pression énorme que j'exerçais sur ces barreaux me maintenait mécaniquement debout, stable. Équilibré en quelque sorte. Maintenant que ce rempart d'acier s'était effondré, je me retrouvais sans appui. Comme si une décompensation, une dépressurisation était intervenue brutalement.

Je dois dire aussi que même quand vous ne partagez pas leurs croyances, être en contact permanent avec des gens qui attendent le « monde nouveau », la vraie vie, cela vous impacte forcément au quotidien. Comme si le fait de baigner dans un rêve collectif, que vous ne partagez pourtant pas, vous imprégnait d'une ambiance surréaliste dont certains effluves paraissent agréables. À peu près ce que l'on ressent au cinéma devant un film en sachant que ce n'est qu'une fiction mais en étant tout de même imprégné de l'ambiance de l'univers qui balaye l'écran.

Une lourdeur oppressante s'abattit sur moi. Une sensation d'amertume permanente, de vide impossible à combler, de vacuité du temps qui s'écoule. Le problème, quand vous avez vécu dans une communauté animée par l'illusion que le monde actuel n'est qu'un insupportable passage de souffrance en attendant la vie véritable, c'est qu'au moment où vous sortez de la torpeur du rêve et abandonnez l'espoir de la vie d'après, il vous reste pour seule perspective le passage de souffrance. Avec pour certains l'interrogation de savoir si un passage qui ne débouche sur rien vaut la peine d'être emprunté. Ou s'il vaut mieux arrêter la vie tout de suite.

Je n'ai pas connu les tendances suicidaires. Il faut croire que la pulsion de vie était, et demeure, trop forte en moi. Mais je me retrouvai envahi par l'impression que, pour paraphraser Charles Aznavour, les parois de mon existence étaient lisses », et qu'aucun relief, aucune prise n'était disponible pour m'empêcher de dévisser vers les profondeurs d'un sombre désespoir.

J'avais atteint une nouvelle étape de mon chemin de vie, qui recelait de nouveaux apprentissages, de nouvelles découvertes. Et comme souvent, l'avènement d'un nouveau stade d'évolution débute par une crise. La manifestation principale de cette crise était une absence d'envie, ou plutôt une envie de ne rien faire, de n'être nulle part. Une tempête intérieure était de retour, et Sonia se retrouva dans l'œil du cyclone.

J'étais tellement aux prises avec de violentes contradictions que j'étais incapable de me projeter dans une quelconque organisation de mon existence. J'avais fui les modèles d'organisation que j'avais connus jusque-là et je n'envisageai aucun modèle dans lequel elle m'inscrire.

L'envie de vivre une vive simple et joyeuse avec Sonia se retrouvait ensevelie sous un amas de sentiments qui m'asphyxiaient. La colère et la tristesse d'être traité comme un malpropre par mes plus proches, une certaine culpabilité face à la souffrance que je générais, un douloureux questionnement sur le sens du devoir et sa place dans l'échelle des valeurs, si tant est qu'une telle échelle existe et certainement au-delà de tout un profond sentiment d'injustice.

Je faisais des allers-retours dans mon cerveau entre différentes options et ces allers-retours se traduisaient par une inconséquence dans mes choix et mes actions. Le jour où j'avais quitté Lisa, j'étais directement allé m'installer chez Sonia. Mais à de multiples reprises je ressentis un mal-être aigu qui me conduisit à ne plus me sentir capable de rester avec elle. Et la souffrance que je lui causais ajoutait à ma sensation d'être totalement perdu.

C'est au cœur de cette période insupportable que je vécus ce qui est peut-être la journée la plus marquante de ma vie. Ce lundi matin, dans l'un de mes revirements, j'annonçai à Sonia qu'il fallait que je parte, que j'avais besoin d'être seul. Nous étions dans sa voiture, et dans sa tristesse, sa colère et sa douleur, elle hurla, pleura et mit un coup de poing désespéré dans le volant.

Je sortis de la voiture et commençai à marcher. Toutes mes affaires, rassemblées dans mon paquetage de pompier volontaire, se trouvaient dans son appartement. Je n'eus ni l'esprit ni le cœur de monter les récupérer.

Et c'est ainsi que je me retrouvai seul dans les rues de Grenoble en ce lundi qui était mon jour de repos dans la semaine. Une pensée sidérante traversa mon cerveau en un éclair. À cet instant précis, et pour au moins toute cette journée, aucun endroit sur cette terre n'était « chez moi » ! J'errai sur les grands boulevards en me répétant cette phrase inconcevable : « Je suis un SDF !'

La prise de conscience était vertigineuse. Je marchais, avec pour seule possession un sac à dos, et je n'avais aucun endroit où aller. Il me fallait simplement tuer la journée en attendant que le travail reprenne le lendemain matin, me ramenant un peu de normalité.

C'était une magnifique journée de septembre, le ciel était d'un bleu éclatant et un air agréablement frais me caressait le visage et m'emplissait les poumons. Je souriais tellement j'étais fasciné. Comment la vie peut-elle basculer si rapidement ? Comment ma vie avait-elle pu être renversée du tout au tout en un instant ?

Je regardais les gens que je croisais, ces gens tout à fait normaux. Et je me disais que moi aussi, j'avais certainement l'air tout à fait normal. Sauf que j'étais un naufragé. Je n'étais plus le bienvenu chez mes oncles, tantes, cousins, cousines qui habitaient dans les rues avoisinantes. Et les relations amicales que je pouvais avoir par le travail ou d'autres activités n'étaient pas assez intimes pour que je puisse débarquer en disant « je n'ai nulle part où aller ».

Alors j'errai sur ce très long boulevard qui traverse Grenoble d'Est en Ouest, ce boulevard que j'avais emprunté depuis mon enfance dans mille contextes différents, pour mille raisons différentes. Il allait me falloir acheter un pantalon, une chemise, une paire de chaussures et un rasoir pour le lendemain, occuper ma journée puis trouver un hôtel pas trop cher parce que je n'avais pas assez de recul pour estimer le budget d'un vagabond.

Si cette journée fut d'une certaine façon fondatrice, c'est qu'elle me permit de toucher du doigt une facette de l'existence. En cet instant, mon existence sociale se résumait à une carte d'identité, une carte bancaire et un téléphone. C'est à la fois beaucoup, et à la fois rien du tout. Je n'avais rien, je n'habitais nulle part, j'étais seul, mais j'étais VIVANT. Et ma situation délicate ne m'empêchait pas de ressentir la chaleur du soleil, la douceur de l'air.

Vous pouvez tout m'enlever, je peux tout perdre, vous ne me détruirez pas, je resterai debout quand même. J'arriverai même à sourire de ma situation insolite. J'arriverai même à donner l'impression de passer une journée tout à fait normale, à la boulangère à qui j'achetai mon sandwich du midi, à la caissière du supermarché où j'achetais la première chemise qui me tombait sous la main. Une dévastation en cours cachée derrière la plus banale des normalités.

Comme toutes les journées, cette journée passa, pour laisser place à un lendemain. Et le mardi matin était donc synonyme de retour au bureau. Comme d'habitude, même si plus aucune habitude n'existait. Sonia travaillait dans la même agence que moi ainsi que Patricia, une collègue de travail dont j'étais proche, qui deviendrait rapidement une amie intime.

Je crois que c'est ce jour-là que mon corps craqua. Alors que je faisais à Patricia le compte rendu de mon week-end, un trop-plein d'émotion me submergea. Me recroquevillant sur ma chaise comme dans un cocon, les bras entourant mes genoux, je me mis à trembler violemment, le corps parcouru de spasmes incontrôlables. Mon corps se révoltait, protestant avec fureur contre les tourments que je traversais.

Quelques minutes plus tard, je recouvrai mes esprits et le contrôle de mon état pour prendre mon premier rendez-vous de la journée comme si de rien n'était. Mais ce que ma collègue et amie ainsi que Sonia avaient vu ne pouvait pas rester comme si de rien n'était. « Il faut que tu ailles voir quelqu'un, tu ne peux pas rester comme ça » me dirent-elles.

Leur incitation pressante me semblait saugrenue et inadaptée à mes besoins. Mais pour me débarrasser une fois pour toutes de ce conseil inlassablement répété, je décidai de franchir le pas et rencontrer le premier thérapeute venu. Il y en avait un juste à côté de mon agence, et je pris donc rendez-vous.

Comme je m'y attendais, cette rencontre fut stérile. Peut-être étais-je tellement fermé à la démarche qu'un verrou empêchait toute communication à même de m'apporter un soulagement ou une orientation à chercher pour sortir du marasme dans lequel je pataugeais.

Je sortis de ce cabinet en me disant qu'évidemment, cette psychiatre n'avait rien compris à ma situation et avait tenté d'appliquer des solutions toutes faites pour traiter mon mal-être. En tout cas, ayant coché la case

« séance psy », j'avais maintenant la parade à présenter à tous ceux qui allaient sortir de leur boîte à outils le fameux « tu devrais consulter ».

Quelques jours plus tard, je reçus un appel d'un ancien collègue de travail avec qui j'avais sympathisé des années auparavant, Steven. Nous nous étions perdus de vue mais il se trouva qu'il habitait maintenant dans la ville où j'avais vécu avec Lisa et où elle habitait encore avec les enfants.

Il était lui-même en cours de séparation et dans une situation délicate. À sa question de savoir où j'habitais, je répondis « je me débrouille ». Il me dit dans un rire « je sais ce que ça veut dire « je me débrouille », je viens de passer par là et je n'en suis pas encore sorti ! Déconne pas, tu prends tes affaires et tu me rejoins.'

Il avait passé des jours à dormir dans sa voiture ou des hôtels, et l'une de ses connaissances lui avait proposé un arrangement. Un appartement dont il était propriétaire avait besoin d'être remis en état et rénové. Steven allait pouvoir y loger et s'occuper des travaux en guise de loyer.

Nous étions diamétralement opposés dans bien des domaines, mais cela ne nous empêcha pas de partager de beaux moments de vie dans cette période de galère que nous connaissions chacun de notre côté. De séquences d'abattement en séquences de rigolade en passant par le temps partagé avec nos enfants respectifs quand nous les avions, cette colocation temporaire nous apporta certainement ce dont nous avions besoin à cette étape de notre vie.

« Tu devrais rencontrer la thérapeute chez qui je vais », me conseilla-t-il un jour lors d'une de nos discussions. J'eus du mal en croire mes oreilles. Lui, le marsupilami fantasque, le bourlingueur toujours prêt aux aventures les plus insensées, le saltimbanque social au bagout sans limite et à l'aplomb indéboulonnable, il avait franchi ce pas ! Il avait osé prendre l'initiative de déposer son bouclier pour avouer l'inimaginable : « Je suis fou de colère, de tristesse ou de peur. J'ai mal et je suis perdu ».

Je n'avais rien à perdre à tenter l'expérience. Au pire, cela me permettrait simplement d'élucider ce mystère : Comment quelqu'un comme Steven avait-il pu venir régulièrement dans un tel cabinet, et qu'avait-il bien pu y trouver ?

Je contactai donc et fixai rendez-vous avec cette thérapeute la semaine suivante. Et ce fut une rencontre déterminante dans ma vie. Moi qui avais toujours considéré avec dédain l'idée de « se faire aider », je trouvai dans cette démarche une énergie, une inspiration que je n'aurais jamais soupçonnées.

La praticienne m'invita à reparcourir l'histoire de ma vie. Son accompagnement m'amena à de très nombreuses reprises à prendre le contre-pied de la lecture que je faisais des évènements que j'avais traversés. À considérer l'angle mort que je ne voyais pas, ou que je refusais de voir. Elle me tendait le miroir qui m'obligeait à regarder mes actions et mes inactions, mes ressentis et mes anesthésies, mes pensées et mes impensés.

Ma thérapie fut l'impulsion qui me fit examiner le prisme par lequel je percevais la vie, ma vie, les autres, le monde. Et mon regard continua à se modifier. Nourri par la lecture, les rencontres, les heures de réflexion, intérieures et partagées, les expériences diverses, j'appris à décaler ma perception, à remettre en question les croyances qui s'étaient cristallisées en moi. La première de ces croyances était d'imaginer que je n'avais pas de croyancces.

Dans mon cheminement intérieur de cette période, je me confrontai particulièrement à deux notions qui prenaient pour moi de nouvelles dimensions. La première de ces notions, que j'avais beaucoup de mal à appréhender, pourrait s'appeler la non-binarité de la vie.

Intellectuellement, j'avais beaucoup travaillé sur cette notion, mais sans jamais percevoir émotionnellement à quel point elle compose le tissu de la nature humaine. C'est lors d'un concert que j'en pris brusquement conscience.

Nous étions installés avec Sonia et Patricia sur le balcon qui surplombait le premier niveau de la salle de spectacle. J'observai les spectateurs en dessous de nous qui commençaient à remplir l'espace en chantant, dansant, riant et buvant. Je pensai en balayant cette foule du regard que, dans un groupe aussi nombreux, il y avait forcément une proportion importante de gens qui étaient profondément tristes, dépressifs, frappés par le malheur.

« Alors pourquoi faites-vous semblant ? », pensai-je. « Pourquoi vous dandinez-vous sur la piste en simulant la gaieté et la légèreté, alors que vos cœurs sont lourds, sombres et amers ? » Je leur en voulais de leur hypocrisie, et j'en voulais à l'humanité de son hypocrisie.

Un éclair de lucidité me frappa. Il n'y avait aucune hypocrisie de leur part. Pour satisfaire ma logique, ma perception de la cohérence, je voulais qu'ils choisissent entre être joyeux ou tristes, en colère ou apaisés, effrayés ou sereins. Mais il n'y avait pas de choix à faire. Ils pouvaient être les deux *simultanément*. Tout comme moi, présent dans la même salle, je partageais ce moment de joie et de plaisir en même temps que je me sentais écrasé par la vie. « Je revendique mon droit à l'incohérence » disait Jade, dans une phrase qui avait sonné pour moi comme la négation de l'équilibre humain mais que je commençais à comprendre différemment.

Il m'apparaissait également à quel point l'ensemble de la palette des émotions, des comportements et des réactions possibles étaient présents dans chaque individu, plus ou moins activés ou inhibés selon les contextes, les éducations et les expériences de chacun. Je compris que nous partageons fondamentalement l'ensemble des éléments qui composent l'humanité, pour le pire et le meilleur.

Cette conception venait estomper les derniers résidus de vision manichéenne héritée de mon éducation. Combien de fois avais-je entendu dans les médias des faits divers sordides être qualifiés d'actes « inhumains » ? Il me fallait pleinement accepter que par définition, un acte commis par un être humain ne peut être inhumain. S'il a été perpétré par un individu, cela signifie que n'importe quelle autre personne, dans un contexte similaire, avec un parcours de vie similaire ou avec un trouble similaire pourrait en être l'auteur.

Le deuxième schéma de pensée que mes réflexions du moment firent vaciller avait trait à la liberté. Je réalisai avoir fait un amalgame de deux notions pourtant extrêmement distinctes. Celle de se libérer et celle d'être libre.

J'avais cru à tort qu'il suffisait de se libérer pour être libre. Et que ma lutte acharnée pour me libérer m'avait donc nécessairement rendu libre. Mais il n'y a pas de lien de cause à effet automatique entre l'un et l'autre. Se libérer nécessite une lutte, une résistance, une conquête. Ce qui suppose inévitablement un *mouvement* par rapport à quelqu'un ou quelque chose à qui l'on doit arracher son droit. Être libre est un *état*, un ressenti intérieur qui n'a donc rien à voir avec une opposition ou une rupture d'attachement.

J'imagine que Nelson Mandela, même pendant les années durant lesquelles il a été confiné dans sa cellule exiguë, n'a jamais cessé d'être libre, alors que ses geôliers, bien que non contraints dans leurs déplacements et leurs actions, n'ont jamais atteint le même état.

Briser les murs et rompre les chaînes ne correspondait donc qu'au premier palier de mon émancipation. Mais tant que je me maintiendrais dans une posture de combat contre un groupe humain ou un bloc de doctrines, ce groupe ou ce bloc conserverait une influence sur moi, une prise sur moi. La partie du chemin qui me restait à faire consistait donc, selon une expression qui s'est galvaudée à force d'être utilisée, à lâcher prise. À ne plus me situer par rapport à mon passé, à mes combats ou à mes adversaires, mais à me centrer sur moi-même.

Comprendre qu'il est aussi stupide de se révolter pour le principe de se révolter que d'obéir pour le principe d'obéir est un long travail, et je suis loin de l'avoir accompli ! Mais aussi contre-intuitif que cela puisse me sembler, surtout venant d'où je viens, c'est un exercice enrichissant de réaliser qu'on peut parfois prendre la liberté d'obéir alors qu'en fonction des situations, se révolter peut être une marque de dépendance à l'autre.

J'avais l'impression de découvrir tellement de choses, d'explorer la vie sous toutes les coutures, comme je n'en avais jamais eu l'occasion auparavant. Je me sentais grandir, évoluer, m'élever, comme si la vie se mettait à couler en un torrent bouillonnant dans mes veines. C'était une nouvelle naissance. J'étais un born again laïc pour ainsi dire…

Je pensai à ce livre, dont je n'ai pas retrouvé le titre, qui explique que l'humanité a dû se confronter à trois désillusions : réaliser d'abord que l'homme n'est pas le centre de la vie sur terre, puis que la terre n'est pas le centre de la galaxie et enfin que la galaxie n'est pas le centre de l'univers. Il a fallu des millénaires et des prouesses scientifiques pour que l'humanité prenne conscience de ces réalités. Ces abandons successifs de l'anthropocentrisme, du géocentrisme et du « galaxocentrisme », un Témoin de Jéhovah qui quitte son monde de bisounours doit les enchaîner en quelques années de vie.

C'est à cette période que la mort fit à nouveau irruption dans ma vie. Je me trouvai dans mon agence quand Lisa, dont j'étais en train de divorcer, entra dans mon bureau. « Ta grand-mère est décédée », m'annonça-t-elle.

C'était la première fois que je vivais concrètement la perte d'un membre de ma famille. Je n'étais pas né quand mon grand-père paternel est décédé, et trop jeune pour avoir conscience de ce qui se passait quand mon grand-père maternel a succombé à son cancer. J'étais à l'ambassade de Washington lorsque ma mère m'appela pour me prévenir du décès de ma grand-mère paternelle, mais aussi incroyable que cela puisse paraître, je n'eus aucun échange avec mon père à ce moment-là.

Je n'avais que peu connu ma grand-mère égyptienne puisque nous ne nous sommes vus qu'à quelques reprises et que je ne parlais pas sa langue. Et pour une raison que je ne peux m'expliquer avec le recul, mais qui ne m'interpella absolument pas à l'époque, mon père vécut seul et sans aucune communication la maladie, le déclin et la mort de ma grand-mère. Ce n'est que quelque temps plus tard que je réalisai avec sidération qu'elle avait disparu sans même que nous ne lui disions adieu. Pourquoi mon père traversa-t-il cette épreuve quasiment en secret ? Je ne le saurai certainement jamais.

Les choses se passèrent bien différemment pour celle que j'appelais « Mémé ». Elle vivait à Grenoble, et j'avais donc eu l'occasion de la voir très souvent. Pas dans les quelques mois précédents, car dans l'intention de lui épargner une profonde tristesse à son âge avancé, je ne l'avais informée ni de ma séparation ni de mon retrait des Témoins de Jéhovah.

En apprenant la nouvelle, je quittai immédiatement l'agence pour me rendre à son domicile, en ruminant au moins autant de colère que de tristesse. Personne ne m'avait appelé pour m'informer. Il avait fallu que ce soit mon ex-femme qui prenne l'initiative de venir me l'apprendre. Pour quelle raison aucun membre de ma famille n'avait été plus rapide qu'elle, je ne le sais pas, mais aucune raison ne pouvait le justifier à mes yeux.

Trouvant la porte de l'appartement de ma grand-mère close, je pris immédiatement la direction de la morgue où je croisai mes oncles, les deux fils de ma grand-mère. « Qui t'a prévenu ? », me demanda l'aîné des deux en me voyant surgir ainsi de nulle part. Je voyais à quel point il était douloureux pour lui de pressentir que l'information n'avait pas atteint le banni que j'étais par une voie plus adaptée à la situation.

Je passai peut-être plus d'une demi-heure au chevet du corps glacé et sans vie de ma grand-mère. Je lui racontai en chuchotant ce qu'elle ne savait pas de moi et tous les souvenirs que j'avais avec elle. C'était une sensation étrange de fixer des yeux clos qui ne se rouvriraient plus jamais et d'adresser ma voix à des oreilles qui la laissaient s'écouler sans rien en retenir.

Les obsèques eurent lieu deux jours plus tard. Pour la première fois, je refranchis la porte de cette Salle du Royaume que j'avais fréquentée assidûment dans mes premières années de vie d'adulte. C'est là qu'allait être prononcée l'oraison funèbre religieuse avant la cérémonie au crématorium.

C'est certainement lors du rassemblement dans les locaux jéhovistes que je réalisai plus que jamais à quel point cette foi suavement fanatique avait dévasté notre famille. Mes oncles, tantes, cousins, cousines étaient là, réunis par le cercueil de ma grand-mère au milieu de plus d'une centaine de personnes. Nous étions cinq, parmi les cousins, à avoir été exclus ou à nous être soustrait au joug sectaire.

Il y avait une éternité que nous ne nous étions pas tous retrouvés au même endroit, probablement plus de trente ans. Le souvenir qui me revenait était les week-ends durant lesquels les différents foyers qui composaient notre famille italienne se donnaient rendez-vous dans le grand jardin loué à la ville pour préparer la sauce tomate pour l'année pour tout le monde.

Mes oncles descendaient dans le sud de la France pour acheter une quantité énorme de tomates, puis les différentes tâches étaient réparties, pour cuire, mouliner les fruits et stériliser, remplir et stocker les bouteilles. Week-ends de rires et de jeux gravés dans ma mémoire.

L'intransigeance de la doctrine fondamentaliste avait écrasé l'unité qui faisait notre richesse. Mes yeux d'enfants embellissaient certainement cette unité, mais nous jouissions indubitablement de liens précieux.

Quel gâchis ! Quelle absurde péripétie de la vie nous amenait à être présents dans cette salle en ne nous connaissant même plus. Tous meurtris par un ostracisme que les uns infligeaient et que les autres subissaient. La douleur de ces déchirures se lisaient autant sur les visages que la tristesse du deuil qui commençait.

Je revis mes parents et mes frères et leur reparlai pour la première fois depuis des mois après la prière finale. Rien de plus qu'une bise de salutations et une brève prise de nouvelles. Des échanges qu'auraient pu avoir des personnes qui se connaîtraient à peine, à la différence près que la lourdeur des émotions était palpable.

L'un de mes cousins vint me trouver pour me dire que toute la famille était invitée à venir boire et manger chez lui et que j'étais évidemment le bienvenu. Je lui demandai s'il était conscient qu'une grande partie de la famille, mes parents et mes frères compris, allaient refuser de se retrouver sous le même toit que des bannis.

« Tu rigoles ! Pas dans un moment pareil ! », me dit-il. « Pose la question et tu verras », lui répondis-je. Ce qu'il fit. Puis il revint me trouver et lâcha avec un regard médusé : « Tu les connais bien… Mais ils font comme ils veulent, nous on veut que tu sois là ».

J'hésitai un instant sur la conduite à tenir. D'un côté, je me disais que ma place était parmi ceux qui étaient assez intelligents pour considérer ce moment de partage comme une évidence, certains l'envisageant comme absolument naturel et normal, d'autres le percevant comme une entorse excusable à la rigidité de leurs principes. D'un autre je me disais que comme ils portaient tous l'étiquette de Témoins de Jéhovah, ils cautionnaient même passivement la brutalité et la violence de ce rejet.

Je décidai d'accepter l'invitation et je rejoignis les membres de ma famille qui ne craignaient pas d'être infectés par les apostats que nous représentions avec mes cousins. En dépit de la gêne visible de certains qui devaient se sentir un peu fautifs d'accueillir les brebis perdues, je me sentais à ma place. J'expérimentai en pratique la non-binarité et la forme de liberté que j'étais en train de découvrir. Ma présence envoyait le message : « Je ne vais pas répondre à votre rejet en vous rejetant ou en vous excluant à mon tour. J'assume mes choix et ma vie et je n'ai pas besoin de vous faire payer votre maltraitance, qui vous blesse certainement beaucoup qu'elle ne m'atteint ».

L'inconfort et le trouble prévisibles que ma présence suscitait ne m'intéressaient pas, et je décidai assez rapidement de partir. Les impurs ayant quitté les lieux, les serviteurs fidèles et justes du dieu d'amour allaient pouvoir rejoindre la famille. Je ne ressentais pas de colère ou de ressentiment envers. Leur pseudo-droiture est leur pire torture.

La crémation et le dépôt d'une plaque au cimetière étaient prévus pour le lendemain. Je m'installai sur un banc de la salle du crématorium aux côtés de deux mes cousins exclus – pardon – excommuniés avec qui j'avais partagé un dîner au restaurant la veille au soir. Un repas comme pour ramasser les éclats d'un miroir dans lequel nous nous reconnaissions mais qui était irrémédiablement brisé.

Quelques personnes se relayèrent au podium pour aller lire les quelques lignes qu'elles avaient pu préparer. Une personne après l'autre, seule. J'étais affligé de voir qu'aucune communion ne nous reliait les uns aux autres dans ce moment qui touche pourtant à l'intime de l'être humain. Il n'y avait pas de tensions ni de défiance non plus. Nous étions simplement tous des naufragés chacun cramponné à son débris du vaisseau familial sans être capables de partager le moindre souvenir ou la moindre émotion.

Je n'avais aucune envie d'aller m'exprimer au podium parce que je savais que mes mots résonneraient dans le vide, mais je ressentis le besoin de me lever, de traverser la salle pour aller me tenir debout dans le silence devant le cercueil, non loin de mes parents et de mes frères qui s'étaient assis dans les rangées les plus éloignées de ma place.

L'intention qui m'animait n'était pas la bonne. C'était une rechute dans ma fausse conception de la liberté. Je ne m'étais pas avancé pour être une dernière fois au plus près de ma grand-mère, mais dans un geste de défi envers l'auditoire, pour leur dire : « Je ne vais pas rester caché au fond de la salle, vous ne me volerez pas ma grand-mère ». Mais cette colère me volait la véritable émotion du moment.

Je quittai ensuite les lieux pour me rendre au cimetière. En déambulant à proximité du columbarium où l'employé des pompes funèbres allait venir déposer l'urne et fixer une plaque, j'eus la surprise de me retrouver face à la tombe de mon grand-père, sur laquelle je ne m'étais jamais rendu. Les Témoins de Jéhovah ne célèbrent pas la Toussaint ni n'ont aucune tradition particulière relative au souvenir des défunts. Je n'avais donc jamais eu l'idée de venir spécifiquement me recueillir face à ce monument qui évoquait ce grand-père dont je n'avais que quelques vagues clichés de souvenirs.

Alors que je fixai les dates gravées dans le marbre et surmontée du portrait de mon aïeul, ma cousine Séphora vint se placer à côté de moi. C'était certainement la plus sensible et la plus émotive de notre génération de la famille. Après un temps de silence elle me partagea sa pensée d'une voix fluette : « Quand on voit la douleur que nous ressentons dans des moments comme celui-là, on comprend que la mort n'est pas normale ».

Je tournai vers elle un regard de compassion attendrie. Elle était fortement impactée par le décès de notre grand-mère et très peinée que, selon sa vision, je me sois écarté de la famille. Elle traduisait par ces mots ce qui est la motivation principale pour nombre de Témoins de Jéhovah : la peur de la mort.

« Ce n'est pas parce que c'est douloureux, que ce n'est pas normal », lui répliquai-je sans aucune intention de la bousculer. « Ce n'est pas non plus parce que certains ont besoin d'une espérance, que cette espérance doit exister ». Et je lui racontai alors un épisode intervenu pendant mon enfance qui m'avait marqué.

« Tu sais, quand j'étais petit, nous avions un jour été invités, comme lors de chaque période de vacances scolaires, chez notre oncle Christian. Mais ce jour-là, contrairement à son habitude, il était taciturne et visiblement triste. Tatan nous apprit que leur chat était mort le matin-même. J'ai réalisé ce jour-là que même la mort d'un chat pouvait causer du chagrin. Donc l'argument selon laquelle la mort n'est pas « normale » parce que les humains ne l'acceptent pas ne tient pas. La mort fait naturellement partie de la vie, c'est tout. Et ce n'est pas la vie qui s'adapte à nous, c'est nous qui nous adaptons à la vie ».

« Je ne pourrais pas vivre si je pensais comme ça », me répondit-elle. Je lui souris. Il n'y avait rien à ajouter. Sa phrase résumait l'illusoire protection dont pensent s'entourer ceux qui se cramponnent à la foi comme d'autres se réfugient dans l'alcool ou la drogue. Ils préfèrent un déni de réalité à une immersion dans l'existence. Mais refuser de vivre la vie telle qu'elle est, dans un sens c'est être déjà mort.

Le cortège arriva et le maître de cérémonie procéda au dépôt de l'urne et à la fixation de la plaque. Après quelques paroles il s'éclipsa pour nous laisser terminer notre recueillement comme nous l'entendions. Je vis mon père s'approcher pour scruter la pierre sur laquelle avaient été gravés les nom, prénom, date de naissance et de mort de sa belle-mère. Mon père. L » « indgénior » dans toute sa splendeur, qui semblait s'absorber dans les caractéristiques techniques de l'objet pour ne pas laisser de champ libre à une émotion, quelle qu'elle ait été.

Vint le moment de se séparer. Je saluai mes parents, mes frères et quelques autres membres de ma famille dont certains ne purent réprimer leurs larmes. « Donne-nous des nouvelles », me dirent certains, comme si cela avait le moindre sens. Je ne partais à l'étranger dans un pays sans moyens de communication. J'habitais à quelques kilomètres, parfois à quelques centaines de mètres de chez eux, rien n'était donc plus aisé que d'avoir de mes nouvelles. Mais nous savions tous que la prochaine occasion susceptible de nous rassembler à nouveau serait un décès.

L'enterrement de ma grand-mère clôturait pour moi un cycle d'expériences et d'apprentissage sur la vie. En quelques mois, j'avais été confronté à des évènements, des réactions et des relations qui m'avaient révélé bien des dimensions de la nature humaine. Ma thérapie me permettait de tirer des enseignements de toutes ces expériences et d'affiner ma perception de la vie.

Les séances qui se succédaient me trouvaient alternativement en colère, triste, joyeux, abattu ou déterminé. Mais j'apprenais à ne plus vouloir m'opposer aux émotions désagréables. À simplement les regarder me traverser en me demandant ce qui les avait provoquées. Toute l'énergie que je mettais auparavant à contrôler et résister, je commençais à l'utiliser pour réellement ressentir.

Cette nouvelle disposition d'esprit et de cœur, plus ouverte à l'existence et au monde, me permit de passer à une autre étape de ma vie. Je sentais la chape de plomb qui m'avait oppressé perdre en épaisseur, libérant ainsi les saveurs, les parfums et les sons qui m'entouraient.

J'avais vécu jusque-là en cherchant à esquiver certaines réalités. Je détournais les yeux quand je passais devant un EHPAD, je ne voyais aucun intérêt à entrer dans un cimetière, je considérais certains endroits dans lesquels j'avais pu me rendre au fil des années comme des zones interdites parce que définitivement reliés à des épisodes de mon parcours auxquels je ne voulais plus être ramené.

De la même façon, je n'aimais pas les photos, les objets souvenirs, ni même posséder des livres dans une bibliothèque. Parce que tous ces éléments pouvaient être rattachés à un moment précis du passé. Et que le passé par définition, c'est ce qui n'est plus, c'est la disparation continue, c'est la mort. Au fond, à l'instar de ma cousine Séphora, j'avais adopté la politique de l'autruche pour occulter les aspects de l'existence qui me perturbaient.

Vivre réellement nécessitait d'incorporer ces aspects à mon champ de vision. Alors la fuite était maintenant terminée. J'accédai à une nouvelle perception de la condition humaine. Au-delà de la perception intellectuelle que j'en avais déjà mais que j'avais vidé de toute substance, j'en développai une émotionnelle, charnelle.

Je décidai de ne plus filtrer ce que je trouverais en chemin, mais d'être prêt à tout prendre en pleine gueule, entièrement. La beauté, la laideur, la bonté, la noirceur, la grandeur, la misère qui sont les ingrédients de l'histoire humaine, et que seules la malhonnêteté ou la lâcheté amènent à trier.

C'est une nouvelle acceptation que je devais assimiler. L'acceptation que le voyage d'une vie est composé d'inéluctables et de potentialités. Les inéluctables sont la vitesse du temps, le vieillissement et la mort. Les potentialités sont les accidents, les drames ou les maladies qui peuvent émailler la vie. Mais ce sont aussi les belles rencontres, les réalisations passionnantes et les surprises enthousiasmantes qui peuvent nous être offertes.

Il serait vain de vouloir s'opposer aux inéluctables comme si on pouvait les sortir de notre nature humaine. Je suis né avec, ils m'appartiennent, ils contribuent à me définir. Un inéluctable ou une potentialité mettra un jour fin à ma vie, c'est le cours naturel des choses. Et à bien y réfléchir, cela n'a pas beaucoup d'importance.

À trop me tourmenter à propos de la ligne infinie du temps qui court de la date de ma naissance et s'enfonce dans le passé ou qui s'élance de la date de ma mort vers l'infini du futur, j'en avais oublié de me concentrer sur l'infinitésimal point que j'occupe sur les lignes du temps et de l'espace. Qui n'est rien, mais qui est tout.

Je repensai à une citation que j'avais recopiée en première page de mon livre de cantiques dans mon enfance : Si le problème a une solution, s'inquiéter ne sert à rien; s'il n'en a pas, s'inquiéter ne change rien. C'était la leçon qu'il me fallait pleinement intégrer. Si je tente de serrer mon poing pour retenir de l'eau, elle ne s'en écoulera que plus facilement, alors que si je garde ma main ouverte et souple, elle n'en disparaîtra que plus harmonieusement.

Tant d'idées nouvelles se bousculaient dans ma tête, tant de découvertes grisantes, tant de remises en question électrisantes. Je me sentais tellement vivant, peut-être pour la première fois. Je revendiquai avec détermination mon appartenance à cette humanité diverse et imparfaite, sans aspirer à un quelconque idéal, à une quelconque perfection.

Ce fut un renouveau, intérieurement et dans ma vie quotidienne. Je retournai vivre avec Sonia, débarrassé des tiraillements qui me rongeaient. J'avais unifié toutes les parties de ma vie, et elles pouvaient maintenant cohabiter sans me laminer. Mon histoire était devenu mon trésor avec ses côtes sombres et ses côtés lumineux.

Je commençai véritablement à m'autoriser à ressentir la richesse de l'amour et de l'amitié, à affirmer ce que je pensais et voulais. Je me sentais à ma place, ajusté dans tous les rôles de ma vie, avec mes failles et mes forces. La culpabilité laissa place à la responsabilité, le compromis permanent à l'affirmation de soi, l'amour sous conditions à l'intimité authentique.

Je me sentais tellement porté par les ailes de la liberté que l'idée de partager ma conviction que la libération est à portée de main de ceux qui sont prêts à s'en donner la peine et à en payer le prix devint de plus en plus forte en moi. Je partageai un jour cette idée avec ma thérapeute, sous la forme d'une boutade : « Quand je serai grand, je serai comme toi ».

Dans un rire, elle me répondit : « Tu es grand, et il y a un cycle de formation qui commence dans deux mois ! » Une nouvelle perspective s'ouvrit pour moi. Je m'étais tellement de fois retrouvé dans des situations improbables ou à jouer des rôles que rien ne me destinait à endosser, que cette nouvelle aventure ne pouvait qu'attiser ma curiosité.

Je décidai donc d'assister au module de présentation puis m'inscrivis au cursus de cinq ans. Le programme permettait de s'intéresser aux principes et outils de différentes approches psychothérapeutiques, tant d'un point théorique que pratique. Ce furent cinq année d'une incroyable aventure où les concepts évoqués, les vignettes cliniques prises en illustrations et les travaux individuels ou en groupe m'amenèrent à nouveau à observer par un nouveau prisme certains ressorts qui peuvent être à l'origine des comportements humains.

Cette formation me réserva lors de l'une des premières journées une surprise de taille qui fut sur le moment profondément déstabilisante. L'un des formateurs principaux décrivait les fondements de l'Analyse Transactionnelle, méthode qui était au cœur de la formation. Il s'arrêta sur le fait qu'elle était mentionnée dans le rapport de la Mission Interministérielle de vigilance et de lutte contre les dérives sectaires (Miviludes).

Toutes les fibres de mon corps se crispèrent. Être tombé une fois dans sa vie entre les griffes d'un mouvement sectaire, c'était déjà un destin peu commun. Mais je ne pouvais pas m'être laissé harponner une nouvelle fois par un groupe marginal promoteur d'une doctrine toxique.

Je connaissais la Miviludes ou encore l'ADFI. Parmi les Témoins de Jéhovah, ces organismes sont considérés, au même titre que certains médias ou journalistes, comme des persécuteurs qui s'acharnent par des propos mensongers ou caricaturaux aux disciples du Christ.

Après m'être totalement écarté de l'emprise sectaire, j'avais cherché les coordonnées et contacté la Mission interministérielle et l'ADFI, pour avoir quelques informations qui me seraient utiles personnellement et également pour savoir si je pouvais être d'une aide quelconque pour les victimes actuelles et potentielles d'endoctrinements de toutes sortes.

Loin de tomber sur des interlocuteurs hargneux envers les adeptes de la Société Watch Tower, j'échangeai en fait avec des personnes bien conscientes de la façon dont le rouleau compresseur sectaire broie les « frères et sœurs », mais tout aussi au fait des détresses et des souffrances humaines qui peuvent concerner les membres des congrégations, que ce soient les plus zélés ou les plus en marge.

Retrouver ces acronymes dans le cadre d'une formation me semblait être un drôle de coup du sort. J'avais l'impression que des sirènes d'alerte hurlaient et que des clignotants rouges vifs signalaient un grave danger. Il fallait que j'éclaircisse cette histoire.

Les autres personnes du groupe de formation ne semblèrent pas préoccupées outre mesure par cette information qui venait de nous être transmise. Je pris donc la parole pour avoir plus de détails sur les raisons qui avaient pu conduire la mention de l'Analyse Transactionnelle.

Les téléphones et les ordinateurs portables s'activèrent immédiatement et en quelques clics le rapport de 2006 de la Miviludes fut trouvé et partagé. Des pages 136 à 159, le document présente une analyse fouillée de l'histoire et des concepts de l'Analyse Transactionnelle et relate les graves dérives de certains praticiens ayant conduit à des conséquences dramatiques. Dans un souci d'équilibre et d'impartialité, l'étude ajoute à la page 144 :

> « *Il est évident que ce n'est pas l'outil qui doit être critiqué et a fortiori condamné. Mais la façon dont certains en ont usé ou en usent encore devrait donner lieu à un encadrement plus attentif et plus rigoureux, pour tenir compte des drames du passé, et pour qu'il apparaisse clairement que les abus sont critiqués et leurs responsables désavoués par la communauté elle-même. À ce prix, les apprentis sorciers ne pourraient plus se recommander des structures de l'Analyse Transactionnelle pour justifier leurs dérapages.* »

Après cet éclairage, j'eus le besoin de savoir quelles étaient les mesures qui étaient prises pour éviter les dérapages potentiellement dramatiques de pseudo-thérapeutes. Ce qui ressortit des échanges avec le formateur démontrait à la fois la richesse et le danger de ces activités pour lesquelles il n'existe que peu de cadres réglementaires établis.

Car les principales précautions qui permettent d'éviter un exercice potentiellement délétère de ces activités d'accompagnement relèvent en fait de l'initiative des praticiens eux-mêmes : se référer à différentes théories pour ne pas tomber dans un dogmatisme enfermant; précisément ne jamais perdre de vue qu'il ne s'agit que de théories, qui peuvent donc être remises en questions, affinées voire abandonnées; confronter ses hypothèses à la vision d'autres professionnels pour éviter de tomber dans un fantasme de toute-puissance.

Je pensais avoir découvert ce qu'il y avait à découvrir des emprises intégristes et fondamentalistes dans la première partie de ma vie, mais cette nouvelle expérience apporta cet éclairage supplémentaire déterminant : tout courant de pensée contient en lui-même les germes de sa propre dérive sectaire, si bien que tout schéma de pensée ou de vie en apparence inoffensif ou anodin peut se transformer en une arme redoutable en fonction de l'utilisation qui en est faite par ses défenseurs.

C'est d'ailleurs ce que me confirma tout le déroulement de la formation et les différents cercles avec lesquels elle me fit entrer en contact. Je rencontrai autant de personnes douées d'un véritable sens de l'écoute, d'un solide bagage théorique et d'une grande capacité d'analyse que d'aspirants gourous ayant leur propre souffrance pour seule encyclopédie et leur nombril pour principale boussole. La prudence m'incite à préciser qu'il ne s'agit là que de mes impressions…

L'accompagnement à visée thérapeutique n'est pas devenu mon activité principale, mais l'aventure de cette formation, toutes les rencontres et toutes les expériences auxquelles elle a donné lieu ont été et demeurent une formidable opportunité de découvrir à nouveau des facettes insoupçonnées de la vie et de la nature humaine. Mon regard sur moi-même a indubitablement changé et je me suis ancré avec plus de force dans mon environnement.

Ici et maintenant

C'est donc là que j'en suis arrivé après toutes ces péripéties rencontrées sur le chemin d'une vie. La densité du présent a pris toute sa place et n'est plus occultée par des interrogations métaphysiques sur le passé et le futur.

Les voyages à travers la France, l'Europe ou au-delà de notre continent ont pris un relief et une intensité qu'ils n'avaient jamais eus auparavant. Mais même une simple promenade à la recherche de champignons dans les senteurs des sous-bois m'emplit de la sensation d'être enraciné dans le vivant.

Ma famille de premier cercle et plus étendue est sortie de ma vie, ses membres étant incapables d'accepter que mes choix soient différents des leurs. Les personnes qui m'entourent aujourd'hui sont donc celles que j'ai choisies et qui m'ont choisi. Seul le hasard des jours m'amène sporadiquement à être en contact avec ceux qui m'ont vu naître et grandir.

Comme par exemple en ce jour où, il y a quelques années de cela, je me rendais à la clinique pour rejoindre Sonia et notre fille qui venait de naître. C'était un matin pluvieux de novembre. Alors que je marchai animé par l'état de grâce de ce contexte, je vis une silhouette familière, visage caché par la capuche qui la protégeait de la pluie, remontant lentement le trottoir dans ma direction.

Je finis par reconnaître ma tante qui se rendait au marché. « Alors tu habites le quartier ? », me dit-elle.

– Oui, le bâtiment juste à l'angle de la rue, répondis-je.

– Donc on va se croiser souvent, constata-t-elle, sur un ton et avec une expression de visage qui montraient que l'éventualité de ces rencontres était une douleur que j'allais lui infliger.

Après avoir marqué une pause d'hésitation, elle poursuivit :

– Tu n'as vraiment plus aucun amour pour nous ?

Je sentis la colère me brûler le visage. Plus que les mots, c'était de constater sa conviction que JE les avais abandonnés. Comment pouvaient-ils inverser à ce point les rôles ? Se sentir rejetés tout en se situant au summum de l'intolérance ?

Je balayai l'accusation :

– Ne me dis pas ça, Tatan, mon numéro de téléphone est le même, ma porte est toujours ouverte. Je n'ai pas changé, je ne pense pas et ne crois pas les mêmes choses que vous et vous n'êtes pas capables de l'accepter, c'est tout.

Je repris mon chemin, ruminant ma colère et ma frustration de n'être ni entendu ni compris par ceux qui étaient censés être mes plus proches. Elle ne savait même que j'allais retrouver sa petite-nièce, dont elle ignorait l'arrivée et l'existence.

Ma dernière fille ne connaît rien de la famille d'origine de son père. Elle commence à être en âge de se rendre compte que j'ai moi aussi des parents et des frères, mais ce ne sont que des fantômes dans son univers.

Certainement torturée par le fait de ne pas jouer son rôle de grand-mère, ma mère s'autorise une à deux fois par an, au prix d'entorses à sa discipline implacable, un appel vidéo qui lui permet de constater tout ce qu'elle rate de l'évolution de celle qui n'est déjà plus un bébé.

Ma dernière fille a la chance de grandir dans un foyer qui tient la liberté comme valeur cardinale, qui ne voit pas l'uniformité comme une condition sine qua non de l'unité ni la différence comme un inexorable facteur de division.

Mes deux premiers enfants connaissent la gageure d'être au contact de deux fonctionnements familiaux diamétralement opposés par bien des aspects. Cela leur impose une gymnastique difficilement imaginable, mais je sais la richesse et l'ouverture au monde que pourra leur apporter la curieuse opportunité de connaître deux univers – au moins – dans une seule vie. À leur façon, ils auront peut-être à faire le chemin que j'ai eu à faire. Vivre et se vivre dans l'intimité des Témoins de Jéhovah. Pour peut-être s'en libérer.

J'ai d'abord fait l'erreur de croire que j'avais le temps avant d'impliquer mes enfants dans la lutte pour leur liberté. Que je pouvais leur laisser vivre quelques années l'insouciance de l'enfance avant de les confronter aux défis qui les attendent. Mais je n'ai pas ce temps. L'engrenage infernal de l'endoctrinement et de l'asservissement a déjà commencé son travail sournois et mortifère sur eux.

J'ai eu l'occasion de m'en rendre compte à propos des fêtes d'anniversaire et de Noël. Je leur avais expliqué dans les premières années après ma séparation qu'avec leur mère ils ne fêteraient pas ces événements mais qu'avec Sonia et moi ils auraient droit à ces moments de fêtes.

Puis une année, à l'occasion de l'anniversaire de mon fils, j'eus la brillante idée de vouloir procéder différemment : plutôt que de l'organiser comme si c'était automatique, je décidai de lui laisser le choix de le célébrer ou non, pour que ce soit sa liberté et sa volonté qui s'expriment.

Calamiteuse initiative ! Je fus forcé de constater que l'opportunité d'utiliser sa liberté le renvoyait aux enjeux qui commençaient déjà à le fracturer : conflit de loyauté, papa ou maman, le Diable ou Dieu, le bien ou le mal, le plaisir ou le devoir, le péché ou l'obéissance. En voulant lui faire goûter la liberté, je lui fis subir un supplice.

Alors je le sais maintenant, je n'ai pas le temps. Le combat pour leur liberté fait déjà rage. Je dois pour l'instant le mener avec eux et pour eux, puis je devrai les laisser en première ligne, me contentant de leur apporter toute l'assistance dont ils auront besoin, parce qu'il s'agit de leur vie.

Est-ce que j'en veux à ce mouvement religieux ? Est-ce que j'ai du ressentiment contre eux ? La plupart du temps non. Je suis en partie ce que je suis à cause d'eux, grâce à eux. C'est en leur résistant que je me suis forgé. Et ils sont, comme tellement de gens autour de nous, coupables et victimes des deux moteurs les plus puissants qui régissent le monde : la peur et la colère.

Je me demande parfois ce que je ferais si l'on me donnait le pouvoir de modifier une seule chose, un seul instant de ma vie. Et je crois que je n'apporterais pas la moindre modification, je laisserais tout intact. Car pour arriver exactement là où j'en suis aujourd'hui, il fallait nécessairement que je passe exactement par tous les points d'étapes auxquels j'ai été confronté.

Nous faisons route ensemble avec Sonia ma compagne sur un chemin qui nous a réservé, nous réserve encore et nous réservera certainement bien des défis et bien des surprises. Notre trésor commun ? Peut-être de savoir pleinement qu'un être humain est une âme d'enfant dans un corps qui vieillit, et que comme le chante Brel, il faut bien du talent pour être vieux sans être adulte.

J'ai la sensation d'avoir quitté le continent sur lequel je suis né il y a maintenant bien longtemps pour monter à bord d'un navire. Une fois les amarres larguées, il m'a fallu du temps pour détacher mes yeux de cette terre qui s'éloignait. Je me suis ensuite absorbé dans l'observation du bateau, pour en comprendre la composition et le fonctionnement. Je constatai en portant à nouveau mon regard dans le sillage du bateau que le rivage de départ avait disparu. Je me déplaçai alors vers le pont avant pour faire face à l'immense horizon porteur de découverte. Je n'ai aucune idée de ce qui se trouve au bout de cet horizon, ni de la distance qui m'en sépare. Mais tandis que notre embarcation fend les flots, je sens la vigueur du vent marin sur mon visage. Je chante la vie, je ris la vie, je respire la vie.

Table des matières

Achevé d'imprimer en février 2024
sur les presses de
La Manufacture - Imprimeur – 52200 Langres
Tél. : (33) 325 845 892

N° imprimeur : 240094 - Dépôt légal : février 2024
Imprimé en France